三月烟花千里梦

肖复兴 ○ 著

北京联合出版公司
Beijing United Publishing Co.,Ltd.

图书在版编目（CIP）数据

三月烟花千里梦 / 肖复兴著 . -- 北京 : 北京联合
出版公司， 2023.5
ISBN 978-7-5596-5472-4

Ⅰ . ①三… Ⅱ . ①肖… Ⅲ . ①散文集－中国－当代
Ⅳ . ① I267

中国国家版本馆 CIP 数据核字（2023）第 066269 号

三月烟花千里梦

作　　者：肖复兴
出 品 人：赵红仕
特邀编辑：纪秀荣
策划编辑：毕　冬
责任编辑：李艳芬
营销编辑：张　楠
版式设计：马淑玲
责任编审：赵　娜

北京联合出版公司出版
（北京市西城区德外大街 83 号楼 9 层　100088）
北京华景时代文化传媒有限公司发行
北京中科印刷有限公司印刷　　新华书店经销
字数 168 千字　　880 毫米 ×1230 毫米　　1/32　　9.75 印张
2023 年 5 月第 1 版　　2023 年 5 月第 1 次印刷
ISBN 978-7-5596-5472-4
定价：49.00 元

日常生活的
拾穗 小札

温暖每个人的
心灵

序

　　《三月烟花千里梦》，是我最新的一本散文集。我很希望
能够将自己新的东西拿出来给读者，如同出泥新蔬，带露青枝，
虽细微、弱小、普通，却多少清新一些，能够衬出春心，带来新意。
感谢本书编辑的青睐与支持，经过他们的精心编辑，本书才得
以和读者朋友见面。这是继去年经他们之手出版《正是橙黄橘
绿时》后的第二本散文集，希望读者朋友喜欢，也希望得到你
们的批评，看看相比上一本散文，自己有没有些许的进步。

关于散文的认知，诗人布罗茨基说："艺术就其天性，就其本质而言，是有等级划分的。在这个等级之中，诗歌是高于散文的。"但按照另一位诗人阿赫玛托娃所说，散文则是高于诗的，她说："走进散文时似乎有一种亵渎感，或者对于我意味着少有的内心平衡。"她还说，散文对于她"永远是一种诱惑与秘密"。

我赞同阿赫玛托娃对散文的认知。对于散文创作的虔诚与敬畏之感，对我常是一种自省的提示与告诫。尽管常与散文为伍，有时却显得过于随意，少有阿赫玛托娃散文写作时独有的那种"诱惑与秘密"的悸动感觉。散文，应该清澈，但应该是一潭清澈的深水，而不是点点的浅水洼，写时方才可以面对幽深而拥有那种"诱惑与秘密"的感觉吧！

关于散文的写作，孙犁先生晚年从自己的创作经验出发，特别强调要写小事。

在给韩映山的信中，他说："最好是多记些无关紧要的小事，从中表现他为人做事的个性来。"在给姜德明的信中，他说："最好多写人不经心的小事，避去人所共知的大事。"

这里所说的"无关紧要"和"人不经心"，指小事的两个方面："人不经心"，是被人们所忽略的，即熟视无睹；"无关紧要"，是看似没有什么意义和意思的，即见而无感。写小事，并非堕入琐碎的婆婆妈妈，一地鸡毛。在《关于散文创作的答问》中，孙犁先生又说："是所见者大，而取材者微。微并非微不足道，而是具体而微的事物。"

孙犁先生关于散文写作所强调的这几点，是我写作时特别注意的方法和路径。在这本散文集中，写的都是这样"无关紧要"和"人不经心"的小事，在你我身边经常发生，寻常可见，亦即这本书中《视频电话》一文中所说，是"日常生活"的拾穗小札。因为"日常的生活，让我们再简单、再平庸、再琐碎的生活，有了感情生动的闪现；让再简单、再平庸、再琐碎的感情，有了一抹色彩和光影，如一幅幅流动的画面"。

这本散文集的书名，取自郁达夫的诗："三月烟花千里梦，十年旧事一回头。"写作的本质，从某种程度而言，就是写回忆，散文尤其如此。

这本书很多写的也是回忆中的旧人旧事旧梦。旧人回顾，旧事回头，旧梦重寻，旧时灯火，往昔尘烟，扑面而来，萦绕不去，即使难以做到落花流水，蔚为文章，却也是雪泥鸿爪，在那些深深浅浅的印痕中，毕竟有比现实世界更让人心动、更有价值、更值得向往的世界。我曾经自嘲说过："起码让自己在春晚秋深之际的日子里和心里，多一点儿湿润，而不至于苍老皲裂如一块搓脚石。"

2023 年 3 月 20 日春分前一日于北京

目 录

第四辑　生命的平衡

第
一
辑

沾衣欲湿
杏花雨

《 扫码聆听

沾衣欲湿杏花雨

六十三年前，我刚刚升入初一，在这所陌生的中学里，同学之间往来不多，大家都显得有些孤独，可能和我的心思一样，很希望能找到朋友，可以更快地融入班集体里，让自己的心爽朗一些。

非常奇怪，我的第一个朋友，不是我们班上的同学。他比我高两个年级，读初三。现在怎么也想不起来，我们是怎么一下子就认识了。仿佛他乡遇故知，在校园里走着走着，偶然间相见，一下子电火相撞一般，那么快便走在一起。想想，人与人之间的交往，有时候真是很奇特，大概每个人都有属于自己的磁场，彼此的磁场相近，便容易相互吸引，倏忽间走近，情不自禁就走到一起了吧？

有这样一个情景，怎么也忘不掉，就像电影里的特写镜头：是初一第一学期快要结束的时候，一天下午放学之后，我们走在永定门外沙子口靠近西口的路上。落日的光芒烧红了西边的天空，火烧云一道一道流泻着，好像是特地为我们而烧得那么红，那么好看。那一幕情景，尽管过去了六十年，依然清晰如昨，如一幅画，垂挂眼前。

我已经弄不清，为什么那一天我们会走到这里，应该他的家住在附近吧。那时候的沙子口比较偏僻，路上的人不多，很清静，路旁街树上的叶子被冬日里的寒风吹落得基本干净，光秃秃的枝条，呈灰褐色，没有了一点儿生气。但我们的心里却那样的春意盎然，兴奋地聊个没完。

他叫小秋。这个名字，我觉得特别好听，后来读到柔石的小说《二月》，里面的主人公叫萧涧秋，名字里也有个秋字，便会想起他，更觉得这个名字好。他人特别白净，长得也英俊。这是他留给我最初的印象，心里总是这样偏颇地认为，好朋友，应该都是长相英俊的才是。

那天，一路上，主要是他对我说着话。印象最深的是，他读的课外书真多，一路上向我不断讲起了好多书，我不仅没有读过，连听说都没有听说过。小学阶段，我的课外书，仅限于《儿童时代》和《少年文艺》，从新华书店买来薄薄的几本书而已。听他这么一说，才知道自己和人家的差距那么大，便谦恭地听他讲，不敢插话，生怕露怯。

大概由于这样深刻的印象，我有点儿佩服他，觉得自己以前懂得太少，看的书太少，很有些自惭形秽。有这样一位同学做朋友，真是太好了，可以帮助我打开眼界，好好向他学习。一个小孩子长大的过程中，特别需要身边出现朋友，不仅是能玩在一起的朋友，更需要能够学在一起的朋友。作为年龄小或者知识能力弱的一方，如果能有一个比自己稍微大一点儿、各方面能力强一点儿的朋友，受益的是前者。找这样的人做朋友，很有些像蹦一蹦才能够到树上高一些的叶子，让你努力不停地往上蹦，才会让自己有提高。

小秋出现在我面前，有些突然，有点儿像横空出世的侠客，特意前来帮助我一样，给我很多意外的收获，让我看见了眼前一片晚霞似锦，是那样的明亮璀璨，令人向往。

那天，小秋对我讲起的很多书名，我都没有记住，只记住一本《千家诗》。那时候，我听说过这本书，但没有看过。他对我说：比起《唐诗三百首》，《千家诗》收录的都是律诗和绝句，简单好懂，也好背、好记，更适合咱们这样年龄的人读。

他告诉我他家有《千家诗》，可以借给我看。

第二天，上午第一节课前，小秋到我们班的教室门前，招呼我出来，把这本《千家诗》借给了我。

这是一本年头很老的线装书，纸页很旧，已经发黄，很薄，很脆，竖排的字体，每一页，下面半页是一首诗，上面半页是一幅画，画的都是古时候的人物和风景，和这首诗相配。我从来没有见过这样的书，以为是古书，起码也得是清末民初的书了。我很怕把书弄坏，回家后，立刻包上了书皮。我又买了两个横格本，开始抄上面的古诗。每天抄几首，一直把这一本《千家诗》抄完。不知为什么，最先抄的，是书中宋代志南和尚写的一首七言绝句，记忆里是那么清楚：

古木阴中系短篷，杖藜扶我过桥东。

沾衣欲湿杏花雨，吹面不寒杨柳风。

学校周六下午，一般没有课，课外活动都安排在这时候。学校里有好多社团，话剧、舞蹈、合唱、口琴的文艺队，篮球、足球、排球的体育队，还有物理、化学、数学的课外小组，应有尽有，非常丰富。不过，那时，我一个社团都没有参加过。我生性不大好热闹，不大合群。

周六的下午，我一般会去劳动人民文化宫的图书馆，那里离我家不远，是原来太庙的一座什么配殿，虽然不大，毕竟是皇家宫殿，红墙琉璃瓦，古木参天，夏天的阴凉遮住整个阅览室，特别凉快。

那个周六，是初一第二学期开学不久，刚刚开春，上午最后一节课下课后，我立刻跑进食堂，匆匆吃过午饭，就往外跑，想抓紧时间赶去文化宫。在食堂门口，遇见了小秋。我已经很久没有见到他，他正准备考高中，学习紧张。见到他，我挺高兴的，不知道他在食堂门口是特意等我的。他先去教室找我，没有找到，问了同学后，来到食堂。也不知道他吃没吃午饭。

他问我下午准备去哪儿，我告诉他去文化宫图书馆。他说：我和你一起去！我们两人来到文化宫图书馆，各人抱着一本书，像老猫一样蜷缩在软椅上，待了整整一下午。

　　黄昏时分，我们走出文化宫，穿过天安门广场，走到前门楼子，再往东拐，就拐进我家住的老街。我知道他是特意陪我走到这里的，不知道他陪我一下午，是有事情对我说，一直有些犹豫，憋了一下午。

　　我指着旁边的有轨电车，挺感谢地对他说：你快回家吧！

　　我们在电车站等车，他忽然对我说：明天星期天，你有空吗？

　　我这才明显感到他明天有事，他陪了我一下午，其实就为说这句话和这件事的，便忙对他说：有空！有空！你有什么事情吗？

　　我想让你陪我去一趟东北旺。

　　东北旺？

　　我第一次听说这个地名，这个陌生的地名，让我觉得不在城里，一定挺远。不知道他有什么事情，非要去那里，但他决定要去，而且是想让我陪他一起去，肯定是有要紧事情的。

　　我对他说了句：行啊，没问题！心里还是有些好奇，忍不住小心翼翼地问他：有什么事情吗？

　　他说：说来话长，明天在路上告诉你！

　　行！我立刻答道。听他的语气，看他的神情，我明白，他中午就来找我，又陪我看了一下午的书，鼓足了勇气让我明天陪他去东北旺，是对我友情的表示，还有什么比朋友之间的友情更重要呢？

　　他和我约好，明天上午还在这里碰头。他说：我坐电车到这里，然后，咱们再坐汽车，不过，得倒好几回车，路挺远的，你得做好准备！

　　没事！咱们早点儿走！

　　第二天早晨，天有些阴，风有些料峭。我早早赶到电车站，想自己离车站近，早点儿来，别让小秋等。谁想到，远远看见小秋已经站在电车站前了。

　　确实倒了好几回车，公交汽车一直往北开，过了西直门，又往西北开。城里的高楼和商店都见不到了，见到的是大片大片的农田和矮矮的平房，乌云低垂，只能隐隐看见西山起伏的淡淡轮廓。在车上，小秋对我讲了去东北旺的原因。他的父亲犯了什么经济案，还不错，最后没有被判刑，只是到劳教农场劳教六年。这个劳教农场，就在东北旺。这是他刚上小学六年级发生的事情，那时，他小，不明白家里突然少了爸爸是怎么一回事。上中学之后，才彻底弄清事情的原委，妈妈觉得这事情太让她感到羞耻，所以从来没有到东北旺看过一次爸爸。小秋有一个姐姐，比他大好多，已经工作了，有时候会来看看爸爸。姐姐前两年结婚有了小孩，没有时间了，他就来东北旺看望爸爸。

每一次来，坐在长途汽车上，心里都特别难受，特别想有个伴儿能陪陪自己，自己也好把憋在心里的话说出来。但是，这又不是什么光彩的事情，找谁说呢？所以，犹豫了好久，想到了你！我想，你不会嘲笑我，看不起我……

小秋这样对我说，让我好感动，我知道这是友情带来最真诚的信任，我从来没有感受过这样的友情，这样的信任。那一年，我十三岁，小秋十五岁，一对这样年龄的孩子之间建立起来的友情，像水一样清澈透明。这样的友情，这样的信任，没有什么额外要求，只要那么一点点的陪伴，以及你的倾听与理解。

我真的没有想到，平常那么好学向上又那么开朗的人，竟然有着这样的难言之隐。父亲带给他的压力，深深地藏在他的心里。听完小秋的话，我忽然有一种想哭的感觉。我望望小秋，他并没有望我，而是扭过头望着车窗外。窗外的云彩压得很低，像要下雨。

　　车子在东北旺的站牌前停下来，只有我们两人下了车。还要走老远的路，才到劳教农场。走到半路，我们走出一身汗，有些累了。前面有一棵山桃树，鲜红的山桃花开得正旺，让阴云笼罩的田野有了明亮的色彩。小秋指着树说，咱们到那儿歇一会儿。他想得周全，带来了义利的果子面包和北冰洋汽水，让我先垫垫肚子，说到了那里没有饭吃。从他的手里接过面包和汽水，看他的那样子，感觉像一个细心的大哥哥；再看他的神情，又觉得掩藏着那样深深的忧伤，是我们那样年纪不应该有的忧伤。我闷头吃着面包，不敢再看他。

　　那天见到小秋爸爸的具体情景，记不太清了，只记住一个场面，他爸爸伸出两个胳膊，让我们两个一人抱着他的一只胳膊，在上面打摽悠。他是那么强壮，胳膊上隆起饱满鼓胀的肌肉，像学校操场上那结实的单杠。我们都是那么大的孩子了，真的抱住他的胳膊，蜷着腿，他像体操的十字悬垂，带着我们来回旋转着，我感觉就像坐在公园里的旋转木马上，惹得周围的人都笑了起来，连站在一旁的警察都忍不住笑了。我看见，小秋也露出难得的笑容。

我们从东北旺回到城里，天已黄昏。乘车到前门的时候，我送他坐上有轨电车的那一瞬间，趁着车门没关，一步紧跟着也迈上了电车。小秋吃惊地问我：你这是干吗呀？

我对他说：我送送你！

这个念头，是他上车那一瞬间突然冒出来的。我不想他在这一天一个人回家。

他望望我，没再说话。有些拥挤的车厢，在大栅栏这一站上来的人多了起来，挤得我们两人常会碰撞在一起。从来没有挨得那样近过，能闻得见他身上的汗味，甚至能听到怦怦的心跳声。我想，他肯定一样，也闻得见我身上的汗味，听得见我的心跳。那时，我想这应该就是友情的味道，友情的心跳吧，尽管有些酸文假醋，却是我少年时期对友情最温暖、最天真的一次感受。

有轨电车，永定门是终点站。下了车，要走到沙子口。小秋没有再说什么，任我陪着他走到沙子口，一路上，我们默默地走着，没有说话。我们在沙子口的路口分手告别，他突然伸出双臂，拥抱住了我。那一刻，稀疏的街灯亮了起来，在越发晦暗而阴云笼罩的夜色中，昏黄的灯光洒在我们的肩头。

返程的途中，憋了一天的雨，终于下了起来，不大，如丝似缕，沾衣欲湿。

2023 年 2 月 4 日立春于北京

乡村饭店

乡村饭店，是一个好听的名字。我一直认为这样的名字，是北平和平解放以后起的。院子是拆除了原来一片低矮破旧的老房子后盖起来的。院墙是水泥拉花，大门两旁有几扇西式高窗，外面装有铁艺栏杆。大门漆成鲜艳的红色，和过去王府的老宅院大红门不一样，门前没有石狮子，门上没有门簪，门两侧也没有抱鼓石门墩。关键在大门上方，嵌有一个大大的红五角星，有棱有角，突兀立体，明显的新时代的标志，和西打磨厂一条老街上所有的老院，呈完全不同的风格，颇有些鹤立鸡群的感觉。

北平解放初期，乡村饭店成为部队的家属大院，住进的全部是军队的干部和他们的家属子弟。那时候，大概因为西打磨厂靠近皇城和火车站，有不少部队的人员进城后，愿意住进这条老街。在西打磨厂西边，有好几处类似乡村饭店的房子，还有的拆掉旧房，平地盖起了楼房。不过，都是部队的招待所，有个别是军队领导独门独院的住宅。集中住有这样多部队干部和家属的，只有乡村饭店一处。这样的住房格局，带动了人员成分格局的变化，颇有些像后来流行的"掺沙子"一样，住进的这些新人，从说话的口音、走路的姿态就能分辨出来，和街上原来的老人形成了两种不同群体，无论表面，还是心底，都在暗暗地使劲。有时候走在街上，彼此都会走在街的两边，不会在一边走的。

乡村饭店，对我来说一直有些讳莫如深。那里住着我几个小学同学，尽管在学校里关系不错，也能玩在一起，但我从来也没有进去过这个大院，他们也从来没有邀请我去过他们大院。

大概是自惭形秽吧，那里住的都是共产党部队的军官，甚至还有参加过长征的老红军，我的父亲虽然也在部队待过，却是国民党的军队。两种截然对立阵营的后代，尽管同住一条老街，但住在乡村饭店和住在我们粤东会馆大杂院里的人，自然有着显而易见的距离，一条老街，如同一条河，把我们隔开在两岸。

"文化大革命"爆发了，我们粤东会馆临街的院墙上被贴上"庙小神通大，池浅王八多"的大字报；乡村饭店一样在劫难逃，我亲眼看见不少人被造反派从院子里揪了出来，甚至有老红军被塞进小汽车的后备箱里，拉去挨批斗。乱糟糟的老街，达成了唯一一次的平等待遇。

多年前，我陪一位外地来的朋友逛前门，顺便带他看看西打磨厂老街，走到乡村饭店大门前，正好遇到一个小学女同学。虽然几十年没见，但还能一眼认出彼此。住在乡村饭店里的大多数人家，父母落实政策后，早都有新房搬走了，不知道什么原因，她居然还住在这里。

她邀请我们进院到她家坐坐。我没有去，小心眼儿觉得她并非真心，只是客气客气而已。至于她为什么依旧住在乡村饭店，我曾经问过几个旧时的伙伴，他们有的茫然不知，有的说可能是她的家长遭遇了波折，或是过早去世，或是人走茶凉，或是官职被贬等，不一而足。世事沧桑，在时局动荡变化之后，才会显现，犹如潮水退去后的沙滩上，才可以看见枯死的贝壳，残缺的渔网。那渔网再也不是普希金的《渔夫和金鱼的故事》

中的渔网，可以捞上要什么就能给你什么的金鱼。

2018 年，北京十月文学活动月，我带一群年轻人逛前门，走到西打磨厂，走到乡村饭店，才发现乡村饭店刚拆不久，外墙还在，高窗还在，红色的大门还在，棱角分明的大五角星也还镶嵌在墙上，但里面的房屋都拆空了。这群年轻人看着新鲜，一哄而入，我跟着也进去了。这是我第一次进乡村饭店，看到的却是断壁残垣，幽灵一样立在那里。想当年，对比老街上那些拥挤不堪的破旧老屋，这里的房子曾经何等辉煌，是西打磨厂一条老街多么神奇的存在。

踩着满地的碎砖乱瓦，从前院一直走到后院，才发现它的格局和老四合院完全不同，一排排的房屋，是部队营房的样子。这样新式的院落，和老会馆老客店大杂院并存了七十来年，是西打磨厂的奇迹。不仅是建筑并存相容的奇迹，更是文化并存、相互渗透影响的奇迹，也是阶级阶层分野、交织与和解的奇迹。

这些年轻人让我介绍一下乡村饭店的历史，我说了这则文字中前面所写到的一切。但是，我没有讲下面的一段——

我年轻时初恋的恋人，曾经就住在这里。我们是小学同学，可以说是青梅竹马。她的父亲曾经是老红军。我的父亲曾经是国民党的军人。小时候，无忧无虑，世事未谙，这一切并不显山显水；大了之后，才知道这是一道难以逾越的距离，就像当年她住在乡村饭店，而我住在粤东会馆一样，虽然同属一条街，但历史的距离，已经无形却有意无意地拉开。

记忆中的印象，有的是那样的清晰。读中学的时候，我们的关系越发密切。寒暑假里，她常来我家找我聊天，或白雪红炉，或暖风凉月，常常会一聊就聊得忘记了时间。青春时节的感情，朦朦胧胧，却水一样清澈透明，那么的纯真美好。高二那年暑假，一连多日没见她来，我很想去她家找她，看看她被什么事情耽搁了，会不会是病了？但是，走到乡村饭店大门前，我总是止步不前。我从来没有进过乡村饭店，有些胆怯，胆怯的原因，其实是自卑。毕竟我是住粤东会馆的，乡村饭店有些高高在上一般，对我有一种压迫感。

事后，她曾经嘲笑我说：怎么这么胆小？我们院子里有大老虎怎么着？能吃了你？

那时候，乡村饭店对于我就是大老虎。

那个暑假，徘徊在乡村饭店门前多次，一直畏葸不前，却每一次心里都在想，如果这时候她能出来，正好站在大门口就好了。但是，在大门口，一次也没见过她，倒是见过她爸爸一次。黄昏时分，她爸爸摇着芭蕉扇，正走出大门，和街坊聊天。我却生怕被他看见，落荒而逃。其实，她爸爸根本不认识我。

如今，乡村饭店，被拆成一片废墟，不知以后会建成什么样子。

粤东会馆还在，虽然也被拆了大部分，却建旧如旧，格局未变，依然是粤东会馆的老样子。

想起郁达夫写的一句旧诗：三月烟花千里梦，十年旧事一回头。

不是十年旧事，而是七十年。站在曾经拥有七十年历史的乡村饭店断壁残垣的旧院里，我的脑子里，纷乱如云。

2023 年 2 月 1 日写于北京

星期天记事

　　六十年前，1963年，初三毕业，我考入本校汇文中学高中。班上一大半是不认识的新同学。我都是上学来，放学走，不怎么在学校里逗留。曾经熟悉的校园，显得有些生疏。

　　那时候，我给自己定了一个时间表，几点起床，几点睡觉，什么时候干什么，一天的时间定得很仔细，精确到几点几分。我把这个时间表折叠几层，放在我的铅笔盒里。我要求自己的学习生活严格按照时间表进行，希望进入高中有个新的开始，遵照的是鲁迅说过的那样，把别人喝咖啡的工夫，用在自己的学习上。那时候，我心里有个目标，就是高中毕业考北京大学中文系。

　　星期天，我的时间表上安排：上午是去图书馆看书，或者到新华书店买书。新学期开始，我的心气很高，干劲十足，像一个上足了发条的闹钟，到点就听见它嗡嗡地响起，清澈回荡在我的心里。

我有一本漂亮的美术日记，每个星期天的晚上，我会在这个日记本上，写一篇"星期天记事"。这也是时间表上一个规定的内容，是写完作业，预习完功课之后的必选项目。父母和弟弟都睡着了，夜深人静，月光照进窗里，写完这篇"星期天记事"，合上日记本，伸伸懒腰，觉得星期天才算结束，一天没有白过，一星期没虚度，心里很充实，很满足。学生时代，无疑是最美好的，让人对未来充满憧憬和期待，仿佛明天的到来，一定会有什么新鲜的事情，如晨风一起随之扑面而来，即便这样的事情是朦朦胧胧的，是似是而非的，是虚无缥缈的，也会让我的内心隐隐地波动，总觉得前方会升腾起什么样的雾岚，那样神秘，迷人，而值得向前奔去。

"星期天记事"第一篇写的是庞老师，是和庞老师在鲜鱼口的邂逅。

庞老师人长得很帅，个子高高的，脸庞棱角鲜明，那样子，很像后来电影《年青的一代》里的演员达式常。他的年龄四十上下，在教过我的男老师中，属于英俊的那种。他只在初二教过我一年的代数课，初三的时候，他就调到别的学校去了。

虽然教我的时间很短，但是，他留给我的印象很深。原因有两点——

一是有一次数学课上，我偷偷看一本《十万个为什么》。我是把书放在抽屉里，书只露出一个头，心想反正没有把书放在课桌上，老师即便走过来，我可以立刻把书推进课桌的抽屉里，老师一时也难以发现。谁想到，看得正上瘾呢，身后传来了庞老师的声音："看什么书呢？"不知什么时候，庞老师站在我的身后，他弯腰从我的手里拿过了书，看了看封面，说道："呃，是《十万个为什么》。是本好书，不过，你现在应该问一问自己第十万零一个为什么，为什么上课要看课外书？"庞老师说完，把书还给我，全班同学都忍不住笑了起来。弄得我臊不答答的，一脸通红。

二是庞老师上课的时候，他的数学课本和备课本下面总放着一本文学书，我偷偷地瞄过几眼，有时是一本《莎士比亚剧作选》，有时是一本《普希金诗选》，有时是一本泰戈尔的《飞鸟集》。有时候，课讲完了，布置课堂作业让我们做，或者发下卷子小测验，他便搬把椅子，在讲台桌旁坐下来，翻开这些书读，一直读到下课。这让我非常奇怪，一个教数学的老师，居然这么爱看文学书，在我们全校的老师中绝无仅有。他不让我上课时看课外书，自己却在上代数课时看文学书，难道不也是课外书吗？

更让我好奇的是，几乎每天上午，庞老师来校都非常早，我只要早早地到校上早自习，总能看到庞老师坐在生物实验室的门前，那里有一条长长的过道，和教室前的走廊有一段距离，很安静。我总会看见他在读什么，或者对着窗户背诵什么，一直到第一节课的预备铃响起。我非常好奇，特别想知道，他在背诵什么，这么入迷，这么起劲？有一天早晨，我悄悄地走过去，听清了，他在轻声背诵普希金的诗《致大海》。我刚刚读过这首诗，所以里面的诗句记得很清楚。

原来庞老师也爱普希金。我心里挺佩服他的，想悄悄地离开，生怕打搅了他，可是，已经被他发现，他回过头冲我笑笑，挥着手招呼我过去。他拍拍手里的《普希金诗选》，问我看过这本书吗，我点点头。他说：好！我知道你爱看课外书，这是好事，你看我也看课外书，多看点儿课外书，对你有帮助！他说话很亲切，我很想听听他能对我讲讲读课外书的体会。这时候，第一节课的预备铃响了，我赶紧和他告别，跑去上课了。

庞老师和别的老师不大一样，他真的是一个非常有意思的老师，在当时，他属于教师里的另类。可惜，他教我的时间太短了。他被调走，不知道是什么原因。我曾经暗想，会不会和他的另类行为有关？不过，我很喜欢庞老师，常常会想起他。他被调走之后，一直没有再见过他，不知道他调到了哪所学校。

刚上高一的一个星期天，我去劳动人民文化宫图书馆看书。不知为什么，那天心里有些莫名的烦躁，只看了不到半个小时的书，椅子上像长了蒺藜狗子，屁股上像长了草，坐不住了，书上的字变得模糊起来，怎么也集中不了我的目光。我不想再看书了，还了书，走出文化宫的大门。

穿过天安门广场，走到大栅栏里的同乐电影院，看了一场电影。学生票只要五分钱，记得很清楚，那天看的是根据托尔斯泰的小说《复活》改编的电影，说实在的，根本没有看懂，莫名其妙却觉得挺有意思的，比枯坐在阅览室来看书轻松了许多。

从电影院走出来，走出大栅栏，走进对面的鲜鱼口，想穿过兴隆街回家，迎面碰见了一个人，觉得非常面熟。四目相对，他一下叫出我的名字：是你，肖复兴！我也认出了，是庞老师！一年多没见了，突然街头相遇，让我有些激动。

他问我在高一几班，班主任是谁，又问我这一年多学习成绩怎么样，还问我课外书都看了些什么。然后，他笑眯眯地对我说：你给我的印象很深呀！这句话说的，生怕他会接着说起上课看《十万个为什么》的事情，我赶紧低下头，看见他的书包里塞满了书，鼓鼓囊囊，都要挤出来，忙打岔问道：这么多书呀，您这是要去图书馆还书吗？

他点点头，说：是到文化宫图书馆还书。

我心里一动，庞老师也常去文化宫图书馆，我怎么一次也没有碰见过他呢？

庞老师顺手从书包里拿出一本书，是《古文观止》，问我：这本书你看过吗？我羞愧地摇摇头。他又拿出两本书，一本是袁鹰的《风帆》，一本是柯蓝的《早霞短笛》，问我：这两本你看过吗？恰巧这两本我看过，赶忙点点头，找补回一点儿颜面。

看着庞老师这满满的一书包书，我的心里忽然有些惭愧，刚才在文化宫图书馆的阅览室里，只待了半个小时，就坐不住了，就跑出来看电影了，而庞老师却看了这么多的书。

庞老师问我：你这是到哪里去了？

我不敢回答是看电影了，慌不择词，反问起他来了：庞老师，有一个问题一直想问您，您教数学，为什么那么爱看文学书？记得您给我们上课的时候，数学课本下面总放着一本文学书。

庞老师笑了：现在我这个习惯也没变呀。然后，他问我，这有什么不好吗？

我没有回答，只是笑。

他对我说：对了，你现在正是读书的好时候，要利用时间多读些书，中国的、外国的、现代的、古典的……

然后，他对我笑笑，又说道：你在市里获奖的那篇作文印在书里面了，我前几天看到了，就知道你一定写得不错，你要多读多写，我可是一直相信你呢！

他说的那篇作文是我初三写的《一幅画像》，经过叶圣陶前辈的修改和点评，收在北京出版社的《我和姐姐争冠军》书中。书刚刚出版，没有想到庞老师就看到了，说明他真的一直在关心我，虽然他早就不教我了。心里一阵感动，禁不住抬头望望他，说不出一句话。

分手的时候，他对我说：有时间找我玩，我就住在学校里，离这里不远。又告诉我他的新学校地址。

过去了整整六十年，我常常会想起庞老师。高一刚开学那个秋天的上午，庞老师的身影，总还在眼前浮现；他对我说过的要利用时间多读书的话，还是那么清晰在耳。

有些人，尽管结识和交往的时间都不长，甚至只是匆匆一闪，却让我真的很难忘记，不仅刻进我的记忆里，更刻进了我生命的年轮里。

那个星期天的晚上，我把在鲜鱼口邂逅庞老师的事情，记录在我的美术日记里。幸亏至今还保存着这本日记，上面清晰地写着那个星期天的日期：1963 年 9 月 22 日。

可惜，这样的"星期天记事"，我只坚持了一个学期，第二学期，学习紧张了，同学之间也渐渐熟悉了，要干的事情多了起来，"星期天记事"顾不上了。一个孩子，总是这样顾头不顾腚，像狗熊掰棒子，掰下新的一个，丢下旧的一个。所幸的是，没有把掰下的棒子全部丢掉，毕竟还留下一个。只是这一切，都随着时光流逝而难再寻，我再也没有见过庞老师。

有一件小事，也还清晰地记得。六十年前的秋天那个星期天的晚上，写和庞老师邂逅的"星期天记事"的时候，翻开书包找钢笔，没有找到，才忽然想起，钢笔忘在文化宫图书馆的桌子上了，在心里一个劲儿骂自己：怎么这么毛躁！那是支上海出的英雄牌钢笔，深紫色的笔管，很好看，也很好使，是姐夫特意送我考上高中的礼物。没有办法，只好第二天下午放学后匆匆往文化宫赶。走进图书馆，一眼看见我的钢笔还安安静静地躺在桌子上，竟然连位置都没有变，好像来这里看书的人对它视而不见，只有我从桌上拿起钢笔的时候，柜台后面的那个男管理员，冲我温和地笑了笑。

如果说人生中真有一段美好的时光，就在学生时代，尽管它那么短暂，尽管它一去不返！

2023 年元月 10 日写于北京

想起牛老师

　　牛老师人长得高高胖胖，走路总是挺着大肚子，鹅似的，迈着四方步，从来不紧不慢，无论见到谁，都是先露出一脸的笑容打招呼。上了中学，看了电影《小兵张嘎》之后，忽然想起牛老师来，觉得他特别像电影里面的胖翻译。有一天在大街上碰见小学同学，说起牛老师，还这样说，又觉得这样的说法对牛老师很不恭敬，便马上改口说是像演胖翻译的演员。同学听了哈哈笑，连说像，真的太像了。相反，牛老师的妻子长得小巧玲珑，和他并排站在一起，一高一矮，一胖一瘦，特别像是一对说相声的。

　　牛老师四十多了才得子，先后有两个孩子，一男一女一枝花。弟弟胖，像他；个头儿矮，像他妻子。姐姐瘦削，像妻子；个头儿高，又像他。这一家子人长得……街坊们这样说，话里面不带有任何的贬义，只是觉得有点儿好乐。

牛老师和我是街坊，在紧挨着我们大院的另一个院子里住，他儿子小水和我一般大，我常去他家找小水玩。

上小学一年级，开学没几天，上第一节图画课，预备铃声响过，站在教室门口的，竟然是牛老师。我当然知道他是美术老师，我们学校有好几个美术老师，没有想到，他教我们美术课。

不仅是我一个学生，班上所有的同学，都认为牛老师是个好老师。小时候，对老师好坏的认知标准是极其有偏差的。牛老师之所以被我们很多同学认为好，是因为他是个大好人，别看胖，说话却柔声细气，脾气特别好，从来没见他的脸上飘过一丝阴云彩。我们常在图画课上捣乱甚至恶作剧，比如他教我们画水墨画，趁他背过身往黑板上写或画的时候，我们偷偷地把他放在讲台桌上的墨汁瓶打翻。他从来不生气，也从来没有向我们班主任老师告状。全班同学，只要你图画课的作业交了，即使画得再赖像狗屎，他也不会给你不及格。

牛老师住大院里后院的两间西屋。他和老伴住里间，两个孩子住外间。我和他家的小水之所以混得厮熟，最早是因为小水说他家有成套的小人书《水浒传》和《西游记》。那一阵子，天天从电台广播里听孙敬修老爷爷讲孙悟空的故事，特别想看《西游记》的小人书，一听小水说他家有，特别想看。我们两人一般大，但不在同一个班。下午放学，我跑到小水的教室门前等他，迫不及待就跟着小水进到他家。

　　他家外屋比里屋大好多，小水和他姐一人一个单人床靠屋的两侧，紧贴在墙边，屋子中间摆放着一张八仙桌，桌子后面的墙上，挂着一幅大写意的墨荷图挂轴。不用问，肯定是牛老师画的。牛老师教我们图画课时，曾经教过我们画这种墨荷，说是不着颜色，只用墨色，就能将荷花的千姿百态画出来，是只有中国水墨画才有的本事。然后，他又兴致勃勃地讲起墨分五色来。说实在的，那时候我是听不懂他说的什么墨分五色，也不大喜欢画这种画，弄得一手都是黑乎乎的墨汁，也画不出牛老师说的那种荷花的千姿百态。尽管这样，牛老师还是不止一次表扬过我，说我有慧根，指着我图画课的作业，说我画得不错，还把我的作业放在学校的布告栏里展览过。现在想来，后来我真的喜欢上了绘画，还真的要感谢牛老师呢。

记得有一天，我和小水挤在他家床头看《西游记》里的《盘丝洞》，牛老师回家来了，看我们两人正在专心看书，冲我们点头笑笑，脱下外衣，一屁股坐在他家的八仙桌旁一杯接一杯地喝茶，没再搭理我们。

听我们大院的街坊们讲，牛老师这两个孩子，他最喜欢姐姐，因为姐姐爱读书，学习成绩好。他嫌小水太贪玩，一进门看见小水和我在一起看小人书，而不是看课本，心里肯定不高兴，不过是看我在身边，不好申斥小水罢了，倒是当着我的面，对小水夸我的画画得好。夸得我有些不好意思，特别是看到他夸我的时候小水很有些不自在的样子，忙指着墙上的那幅墨荷图，对他说：看您画的这幅画多好啊！

牛老师摇了摇头，说：这可不是我画的！然后他说了清朝一位画家的名字，说是人家画的，画得才会这样好！我没记住画家的名字，只记住了清朝，不禁又抬头看了看画，仿佛和以前看它时不一样似的。

牛老师也在看画，却是拔出萝卜带出泥，说起了小水，让小水也能跟他好好学学画画。说着，说着，牛老师忽然忧心忡忡地对小水说：将来长大了，也能有一技之长，在社会上好混饭吃。

这话，小水不爱听，抱着小人书，一把拉着我，跑出了屋。

这话，我听得也觉得怪，和牛老师在课堂上对我们讲的话不大一样。在课堂上，他总是笑容满面，从来没见过他这样一脸愁云惨淡的，好像他一眼就看见了将来，好像对面的我们不是孩子，而是一下子长大的成人。

我和小水上了中学以后，小人书成为了历史，我们不再看了，都爱读文学方面的书。小学毕业考试，小水的成绩考得不好，上了一所普通中学，我考上了市重点汇文中学。尽管我们上的不是同一所中学，难得天天见面，但是，星期天，在图书馆里，我们两人常能碰见面，好像约好了似的，让我们两人都非常高兴。那时候，在天安门东边的劳动人民文化宫里，有一座图书馆，是过去的什么配殿，那里开设一间很开阔的阅览室，古色古香，异常清静，窗外古木参天，浓荫蔽日，正好读书，成为我们两人星期天读书的天堂。

尽管牛老师一再要小水跟他学画，小水依然不喜欢，倒是他姐姐喜欢，秉承了牛老师的画画爱好，遗传了牛老师的基因，考上了美院附中。由于牛老师要孩子晚，我和小水读中学不久，牛老师就退休了。尽管他对小水的学习成绩一直叹气，但对小水姐姐考上美院附中，还是挺满意，成为他唯一的安慰。

我已经很少去牛老师家了，倒不是因为上中学以后功课多作业也多，而是我每一次去牛老师家，牛老师总要当着我的面数落小水，说他不争气，让小水向我学习！这让小水和我都很尴尬。那时候，我们的年龄毕竟还小，不爱听大人的唠叨，也不大理解大人的心思。牛老师，是一个老师，也是一个父亲，做老师，他可以对所有的学生脾气都好，容忍我们的一切顽皮乃至不好好画画不好好学习。但是，做父亲，他和所有的父亲一样，是望子成龙的呀。

流年似水，和小水分别有四十多年，再未见过面。前些年，为写《蓝调城南》一书，我重返我们大院好多次。老院旧景，前尘往事，不请自来，纷沓眼前，我想起了牛老师，想起了小水，便到隔壁的大院，走到后院牛老师家的那两间西屋前，房门紧锁。我问街坊：牛老师还住在这里吗？街坊告诉我，牛老师老两口都过世了。这房子，他儿子小水从山西插队回来后一家人住，前几年，不是说要拆迁吗，小水一家第一拨就拆迁搬走了。我问：知道搬到什么地方了吗？街坊摇摇头，只是说好像是大兴什么地方，具体的，说不清了。

我又问起小水的姐姐，街坊告诉我，他姐姐从美院附中毕业后考上了工艺美院，还没毕业，赶上"文革"，去了"五七"干校，在水库里游泳，淹死了。街坊说完，叹了口气，又说道，小水姐姐的死，对牛老师打击太大，要不两口子也不至于死得那么早！

很久没有回儿时的老街了，前两天，重返老街，我们的老院还在，牛老师的院子已经被拆一空，建起了簇新的院门，铁锁锁着，透过门缝，也看不清里面的样子。站在门前，站了老半天，童年的时光，扑满眼前。小水的姐姐，说实话，我印象不深，但是，对小水的印象很深，但那也只是童年和少年时的印象，以后，小水怎么样了，我一无所知，我的印象里，更多的是牛老师对他一直隐隐的担忧。而在家中和小水作为对应存在的姐姐，是牛老师最大的希望啊！

我想起了小水，想起小水的姐姐，更想起了牛老师。这时候，想起了牛老师，觉得他不仅是一个好老师，更是一个好父亲。因为，这时候的我，也早已经是一个父亲。

2022 年 9 月 21 日于北京

作文课

二十世纪七十年代中期，从北大荒调回北京当老师，我在一所中学教高二语文。第一堂作文课，我出了这样一个题目：我最难忘的一个人（或一件事）。这是那时候常见的一个作文题。我的意图，要求同学们先写好自己身边熟悉的一人一事。这样的作文，学生们好写一些。

那一年，我二十七岁，还算年轻，还有热情。第一堂作文课，我在黑板上写下这个作文题目，让大家不要着急写，先想想，然后告诉我你们打算写什么。我要求每个同学都发言。同学们七嘴八舌，热情很高，但不少人是在瞎起哄，觉得很好玩。应该说，除极个别同学说得比较好，绝大多数说得很空洞。我表扬了这几个说得好的同学，其他同学起码有了参照物，照猫画虎也学着这样写就好。

作文本交上来之后，第二堂和第三堂作文课，我用两节课，挨个叫每个同学到讲台桌前，对他们的作文提出具体的意见，让他们修改后再交上来。

一个女同学写的最难忘的人，是她的父亲。这是很多同学都愿意选择的写作对象，父亲、母亲和老师，可以排在前三位。她读小学的时候，她的父亲，作为铁路工人，正在坦桑尼亚修铁路，已经三年没有回家了，她很想念父亲，天天盼望着父亲早点儿回来。终于，父亲回来了，带给她一件礼物，一支笔帽上刻有漂亮图案的钢笔。那时候，国内还没有这样漂亮的钢笔，很新鲜。

我先表扬了她，作文真挚地书写了阔别三年父女之间的感情。父亲对她的感情，用一支钢笔表达，比较具体；不过，她对父亲的思念，却显得空洞——这是同学写作文常出现的问题。我问她，你想念你父亲，怎么想念的，应该有具体的事情，就像父亲惦记你，有钢笔，你看，这样想念就看得见，摸得着。

她想了想，告诉我，那一年开春，她从同学家拿了一根葡萄藤，种在自己家的院子里，想父亲来信说好了秋天回家，她要是把葡萄藤种活了，结出葡萄来，就可以给父亲吃了，给父亲一个惊喜！

我说这样多好，有了葡萄，你对父亲的想念，一下子就具体了，而不再只是抽象空洞的"想念"这个词儿了。我对她说：你把你的这篇作文改改，加上你刚说的葡萄。

她回去做了修改。作文里加了葡萄，她和母亲一起精心侍弄，葡萄藤爬满架，紫嘟嘟的玫瑰香葡萄熟的时候，父亲终于回来了，高兴地吃到了她种的葡萄，拿出了送她的漂亮的钢笔。

我再次表扬了她，夸她改得好多了。一支钢笔，一藤葡萄，父女两人彼此的感情都有具体的依托，作文写得实在多了，感人多了。

但是，只是写栽下了葡萄藤，结出了葡萄，爸爸回来，摘下来给爸爸吃，有些简单。这将近一年的时间里，侍弄葡萄和思念父亲，没有任何描写和交集，显然，留下空白太多。

我问她：葡萄藤，从你抱回家到爬满架，结出果，好养吗？这中间没出现什么让你糟心的事情？

一听这话，她睁大眼睛，立刻对我说：可不好养呢，我是天天盼望它能早点儿结出葡萄来，又是天天担心它结不出来。

为什么呢？出了什么问题吗？我接着问。

她告诉我，葡萄开花的时候，刮起大风，把葡萄花吹落满地都是。她最担心结不出葡萄了，没有花，哪来的果呀！那些日子，她天天睁大眼睛，看葡萄架上有没有葡萄珠冒出来。还真谢天谢地，刮下来那么多花，最后还真结出葡萄来，结出还不老少！

因为是亲身经历的事情，又是自己关心的事情，说起来，很来情绪。

我又问：还有别的让你糟心的事情发生吗？

再有，就是我爸爸工作忙，说好了回来的日子往后一个劲儿地拖。葡萄都熟了，熟透的葡萄一个劲儿地往下掉，我爸爸还没有回来。我妈妈说赶紧把葡萄摘下来，送邻居吃吧，要不都掉到地上烂了，多可惜呀！我不让摘，说什么也得等我爸爸回来。要不我不是白养了这快一年的葡萄了？

你看看，你说得多好呀，这两件事，一个刮大风，把葡萄花吹落了，你担心葡萄还能不能结出来；一个葡萄熟了，爸爸还没回来，你说死说活也不让母亲摘葡萄。就是让我编，都编不出来这么生动。我希望你能把这篇作文再改改，把这两件事情加进去，好不好？这样，你的这篇作文，就更好了。

她听了我的意见后，有点儿为难，脸上露出了不大愿意再改的意思。我问她：你是觉得不好改，还是不愿意改？

她有点儿不好意思，忙说：就是要改的地方太多了，不知道怎么改。

我说：说多也不多，要改的地方，就是你刚对我说的那两件事，这两件事，你自己亲身经历，最清楚，按照你刚才跟我说的，把它们加上去，不就行了吗？

她笑了：怕改不好。

只要是改了，就肯定比不改好！最后，我对她这样说。

她进行了第二次修改。添加上这样两件事，尽管写得很简单，内容丰富，也生动多了。我表扬了她，对她说：改得很不错了，我只提一点儿小小的疑问啊，你父亲回到家，是什么时候，白天还是晚上？你给你父亲摘葡萄，你那时那么小，够得着葡萄架上的葡萄吗？

她笑了，对我说：还用写那么细呀？我爸爸回来那天，是晚上，我都睡着了，听见他和我妈妈说话声，立刻就醒了，一骨碌从床上跳起来，叫着让我爸爸抱着我到葡萄架下，给他摘下了葡萄。

我对她说：如果你能把这一点再补充进去，结尾就更漂亮了！

她的脸上露出为难的表情，我猜想，也有犯懒的意思，毕竟已经改两遍了。我对她说：好作文是不断修改出来的，没有一篇文章不是一遍遍改出来的，你信不信？就像烙饼，都是正反面一遍遍翻着烙，才能烙熟一样，你说是不是？

　　她回家做了第三次修改。

　　第四堂作文课，作文讲评。我把她的这篇作文刻印出来，发给每位同学一份，然后对大家讲了这篇作文的修改过程。我对她说过的话，对同学们重复了一遍：好作文是不断修改出来的，没有一篇文章不是一遍遍改出来的，谁愿意做这样一遍遍的修改，谁的作文就能写好，你们信不信？

　　需要补充的是，曾经教我中学语文的田老师，专程骑着自行车来听了我的这堂讲评课。老师的老师来了，全班同学都非常好奇，课堂上出奇地安静，他们真给我面子。

　　从此之后，作文课成了全班同学最喜欢的一节课。

2022 年 3 月 28 日写于北京

语文课

　　我曾经当过整整十年的老师，大中小学都教过。作文课，是我最爱教的课，也是学生们最爱上的课。我不想简单地布置一个作文题目，就让学生们写，这样匆匆忙忙写，一般效果不会太好，而且，学生们容易当成作业去完成，作文的兴趣会减弱，乐趣会漏失。我喜欢在写之前和他们交流，和学生交流，他们没有负担，都非常愿意举手发言，毕竟说比写要简单，而且，还会觉得好玩。他们的发言中，有本真的表达，有不服气的争论，有时候会争论得很激烈，这种年龄的孩子指点江山挥斥方遒的样子，非常可爱，兴趣和乐趣，便由此生发，止都止不住。

　　记得教高中的时候，进行过这样小小的试验。

我指着教室窗外黄昏时分烧红西天的一片晚霞，对孩子们说：我上中学的时候，写这样景色的时候，特别爱说：晚霞似锦，晚霞如火。这都是现成的词，谁都可以用这样的词形容黄昏时的景色。你们应该比我上中学时候强，要写的话，你们怎么写？

有学生说：晚霞今天有点儿喝高了，醉红了脸膛。

有学生说：晚霞今天一定是干了什么坏事，羞红了自己的脸庞。

有学生说：晚霞今天得什么喜帖子了？可能是老师表扬了它，看放学回家高兴的劲儿，憋不住涨红了半边天呢！

…………

还有一次，校园里的树叶轻轻地摇曳，远处有一株月季，在树叶间闪亮，风吹来了，吹动着树叶，树后面的月季一闪一闪。我介绍我看到的这一景象，对学生们说：你们看呀，树叶是绿色的，月季是红色的，树叶那么一大片，月季那么一小点儿，风吹得树叶摇摆，我们一会儿看得见月季，一会儿又看不见。如果让你们来写，你们怎么写？说说看！

有学生说：树叶摇动中的那株月季，像是一只红色的眼睛不停在眨动。

有学生说：树叶在风中抖动，月季也跟着一起开心地来回在动。

有学生说：红色的月季，像是浮动在绿色湖水中的一只小红船。

有学生说：树叶遮挡的远处的月季，一闪一闪的，像和我们捉迷藏。

…………

同样是一个晚霞，同样是一株月季，他们说得多热闹，说得多好啊！其实，他们用的方法，很简单，不过是比喻或拟人，但他们用得恰如其分，表达了他们各自的想法，而不是别人的或从作文参考书中照搬来的。可以看出，这是由于有晚霞和月季的实景，不是让他们凭空去想，说出来就直接，就容易。同时，这是大家你一言我一语彼此启发的结果。如果是我一个人说，就不会有这样的结果和效果了。同龄人之间的碰撞，激发出来的想象，感染着彼此，促进了彼此，像打乒乓球一样，你来我往，有了回合，有了乐趣，有了收获。大家能够将眼前的景象、熟悉的生活、自己的心情，用漂亮的语言表达出来，让自己高兴，也让别人眼前一亮，是多么开心的事情。

　　这是只有作文才能给予我们的独特收获和享受，因为你说出的这些话，是你自己的创造性成果。这绝对是别的学科难以体会得到的快乐。比如说数学，二加二等于几？你说等于四，即使答对了，只是一个答案，一个既定的客观事实而已，并非属于你的创作，只有答对了一时的心情，没有浓郁的感情色彩。

　　所以，我一直觉得，在中小学，最重要的学科，是语文；语文中最重要的是作文。即使别的学科成绩弱些，只要学好了语文，写好了作文，一辈子受益无穷。可以毫不夸张地说，语文和作文，后劲儿最大，可以从校园蔓延至你整个人生。我曾经开玩笑地对学生们说：长大以后你们写情书，都会写得好一些，恋爱项上就容易加分！

　　想想如今我们的语文教学，语文被肢解为琐碎的习题大战，而且如数学一样也有标准化的答案；作文则成为应付考试的工具，为迎合老师、时尚和考分而充斥着假大空，将抒发个人真实的情感、对世界真挚的认知和对现实真诚的质疑这样作文的本意，抽骨吸髓，删汰太多。

　　我离开校园已经很多年，由于我有过这样当老师的经历，不少学校邀请我去给学生讲作文。这是我很愿意做的事情，也是力所能及的事情。尽管过去了那么多年，面对今天的学生，我常常爱用的，依旧是这样和学生们交流的老方法。

有一次，我对学生们说：暴风雨中摇摇摆摆的大树，这样的景象，你们都看见过，如果要你们描写这样场景，你们怎么写？

有学生想想后说：大树像喝醉了的醉汉，浑身乱颤，站都站不稳了。

有学生这样说：大树被风惹得发了怒，东摇西摆，张牙舞爪要和风拼命。

有学生这样说：风吹乱了大树一头的长发。

有学生这样说：大树的树枝像鞭子，在狠狠地抽打着风。

…………

他们说得都非常好，醉汉，发怒，吹乱的头发，鞭子抽打风。他们赋予了风中大树新的形象，这些形象，是生动的，有不同性格的，是他们各自的观察、发现和想象。作文不就是这样的吗？不就是要在日常生活中，锻炼观察的能力、发现的本事和想象这样修辞方法的运用吗？当你有了属于自己独特的观察和新鲜的发现，然后再能用自己的语言方式告诉别人，和别人分享的时候，不正是作文应有的本意吗？

分析完大家的说话之后，学生们要求我也说一句，很想听听我说的大风中的树是什么样子。我知道，这是要和我 PK 一下呢。孩子都有争强好胜的比试心理，特别是愿意和大人比试比试。

我说了这样一句：

暴风雨像一个暴怒的人正在憋着一腔怒火，闪电照亮一棵小柳树，张牙舞爪，像个妖怪。

他们连连点头，说"妖怪"这个比喻不错，刚才自己怎么没想到呢！

我告诉他们：这不是我说的，是汪曾祺老先生说的。

我对他们又说了一句：

暴风雨中大树的树枝，像大鸟的翅膀翻飞，痛苦地挣扎着，想飞又飞不起来。

他们说这个更好，让他们又多了一个"大鸟的翅膀"的比喻和想象。

我告诉他们：这句话也不是我说的，是诗人于坚说的，我只是改动了一下。

原话是这样的：

风稍微一吹，树枝就像大鸟一样挣扎着做出展翅欲飞状。

2022 年 3 月 20 日春分

群里发来张老照片

　　我对手机里的"群"不感兴趣。去年在公交车上偶然遇到一个小学同学，把我拉进小学同学群，偶尔我会进去看看，一般只是"潜水"。群里的人很多，有我没我，不显山显水。

　　前几天，群里一位同学发了张古董级的老照片。大概是贴在相册里的，只有那个年代才会用的黑色三角形的相角，泄露了老掉牙的年份。那时候，我们都是用这种相角，把照片贴在相册里。这种相角的背面有一层胶，将唾沫吐在上面，用手抹一抹，就粘在黑色相册页里了。照片上前后两排人，前排四个人蹲着，后排五个人站着，都是小学同学，不知在哪儿拍的，背景隐隐有树有水，大概是在公园。照片是用手机翻拍的，手机的像素很高，是照片太旧，本身照得也有些模糊，只能影影绰绰地看个大概。

同学问：能看出都是谁吗？

疫情发生这大半年，大家都宅在家中无所事事，发张照片，猜猜谜语似的，让大家看看都是谁，就是找个话题，找点儿乐子，让过去的回忆冲淡一些现今的焦虑。小学毕业，今年整六十年。都说岁月是把杀猪刀，六十年的日子更是早把人变得面目皆非，当年再俊的丫头和小伙儿，也只能让人不堪回首。

不过，这样的游戏，虽然已经反复多次，却是续再多水的茶，照旧清香清新，可口可乐，让大家像老驴拉磨转上一圈又一圈，依然乐此不疲。这张重见天日的老照片，像投进湖中的一块石子，溅起群里浪花不止，让大家兴致勃勃，你来我往，你是我否，猜个不停。而且，拔出萝卜带出泥，猜对了一个人，连带讲出她或他的好多少年趣事或囧事。

别看照片模糊不清，但架不住大家个个都是火眼金睛，而且，到了这把年纪，都有一种本事，越是久远的事情，越记得清；越是小时候的同学，越认得准。九个同学，八个同学都被猜得准确无误，唯独前排最右边蹲着的那个男同学，谁也没有猜出来，像公园遗物处一个无人认领的孤儿。

大家都说，他个子太矮，还蹲着，半拉身子在镜头外，像只受委屈的小猫，实在猜不出来是谁了。

其实，我认出来了。那个人是我。

我想起来了，照片是一年级第二学期到北海公园春游时的合影，班主任老师拍的。

那时候，我长得个子矮，像根豆芽菜。母亲去世不久，父亲从农村老家为我和弟弟带回来继母，家里的生活拮据，我穿的是继母缝制的衣服和布鞋，特别那条裤子，是缅裆裤，在照片上，我一眼就看了出来。同学穿的裤子前面有开口，是从商店里买的制服裤子，全班只有我一个人穿缅裆裤。这条缅裆裤，让我自惭形秽，在班上抬不起头，直到上三年级时候，终于忍受不住了，和父亲大哭大闹，才换上了从商店里买的一条前面有开口的裤子。裤子前面有没有开口，成为我童年一件至关重要的大事。

那一次春游，大家要带中午饭。我带的是母亲为我烙的一张芝麻酱红糖饼。这种糖饼，在我家只有中秋节时才烙，作为月饼的替代品，我和弟弟吃得很美。那时候，我以为能带这种糖饼已经很好了。但是，在北海公园里，大家围坐在一起午餐的时候，我看见不少同学从书包里拿出来的是面包，是义利的果子面包。我就是从那时认识了这种果子面包，并打听到了一个面包一角五分钱。还有的同学带的是羊羹，我从来没有见过这种食品，也是从那时认识了它，知道它是从日本传过来的食品，是把红小豆熬成泥加糖定型而成，长方形，用漂亮的透明糖纸包装。他们抿着小口吃，空气中散发着浓郁的豆香。

我的小眼睛偷偷地扫视着这一切，内心里涌出一种自卑，还有更可怜的滋味，就是馋。真的，那时候，我实在是太没出息。在以后上小学的日子里，我不止一次想起这次春游，想起自己的没出息。也就是从那时候开始，我努力学习，奋发刻苦，争取好成绩。我知道，我家穷，我没有果子面包，没有羊羹，唯一可以战胜他们的，是学习。

六十年过去了。大家都认不出来照片上的我了。大家都记不得当年的事情了。大家都老了。

是啊，小孩子一闪而过的心思，不过像一朵蒲公英随风飘走就飘走了，谁会注意到呢？况且，当时大家都是小孩子，能够在意的是自己的事情啊。别人的事情，缅裆裤呀，芝麻酱糖饼呀，又算什么呢？一个孩子的成长，只能靠自己。馋，每一个小孩子都会有。但是，自卑与虚弱，需要靠自己，不是屈服于它们，就是打败它们；不是作茧自缚，就是化蛹成蝶。

照片上的我，不知是我自卑，躲在最边的位置上，还是同学对我无意的冷漠，把我挤在那里。一切在不经意之间，都有命定的缘分与元素。重看照片上六十五年前的我，我没有自惭形秽，只是，我没有告诉大家那个孩子是我。

2020 年 9 月 15 日于北京秋雨中

床单上的天空和草地

　　曾经读过一篇文章，介绍二战期间一位美术老师和她学生的一桩往事。这位老师和她的学生都是犹太人，当时在布拉格，德军入侵后，将他们一起带到集中营关押，每人携带的行李有重量限制。但是，这位老师宁肯取出自己的一些衣物，也不忘把一个厚厚的床单塞进行李箱。而且，她把床单染成了绿色。即使被关押进集中营，她还坚持为孩子们上课，课余，她还像以往一样教孩子们排戏演戏。这条染成绿色的床单，就是戏中的布景，是戏中的天空或草地。

　　这则真实的故事，让我很是难忘。我想起我的儿时，孩子天生都爱演戏吧，在我居住的大院里，我们一群孩子也曾经在放假的时候乐不可支地排戏演戏，我们也曾经拥有过戏中出现的床单。只不过，我们是把床单挂在两株丁香树之间，当作演出舞台上的幕布。我，包括所有的孩子，即使那些比我年纪大的大哥哥大姐姐，没有一个人，将床单想象成戏中出现的天空和草地。床单，都是我们从家里偷偷拿出来的，各家的床单上的图案不尽相同，但没有一条床单上印有天空和草地，即使真的印上了天空和草地，以我们那时的认知水平，也不会有一个人想象得到，这会是戏中的天空和草地的背景，我们只是把床单当作虚拟舞台上的幕布。

现在看来，虚拟和想象，还是有距离的。这距离，到底在哪里呢？读完那则真实的故事，我常常会想，惭愧自己儿时的见识浅陋，当时只是觉得演戏好玩，不会往深里想。那时，在浅水沟里蹚水，溅得水花四溅，就觉得挺好玩的了，根本不知道，也从来没见过，其实还有更好玩的游泳池和更宽阔而深深的大海。

都说少年不知愁滋味，其实，那只是指在岁月静好日子里长大的孩子而已。在战争期间，那些从布拉格被驱赶进集中营的孩子，绝对不是一样的心理和生存状态。同样演戏，我们是在和平的年代，四周没有过刺刀和炮火；他们却时时刻刻都有被送进奥斯维辛的焚尸炉里的危险呀（事实上，这其中很多孩子和他们的这位老师，是被送进了奥斯维辛死亡的）！同样是演戏，我们是觉得好玩；而他们却是通过演戏，在生命危急时刻燃起最后一点儿希望。

这一点，正是这位可敬的女老师的心愿。在那些个日日煎熬时时有被送进奥斯维辛的危险之际，正是这位女老师有着这样单纯、美好而坚定的心愿，才会每晚带着这些孩子爬到楼顶的阁楼上排戏演戏。她会和孩子们一起把那条染成绿色的床单挂起来或铺在地上。床单就是天空和草地了，缀满星星，开满鲜花。黑暗中的绿色，燃烧起绿色的火苗，让孩子对这个残破的世界，对渺茫的未来，还抱有一线希望。这位女老师，还带着孩子们在那里画画，然后，趴在窗前，看窗外的夜空和远方——那可不是我们现在说得泛滥而时髦的"诗和远方"，是真正在战争的苦难中升腾起的对未来并未泯灭的一点儿最后的希望。

每一次想到这里的时候，我都会为这位女老师和这些孩子们而感动。我也曾经是一个老师，我会想，如果我面临这位女老师的处境，在被关于集中营之前的匆忙之中，我会想起把家里的床单染成绿色，让床单成为天空和草地，塞进行李箱里吗？在凛凛的刺刀之下，在狰狞的炮火之中，在沉重的压力面前，在临行的慌乱之中，我还能有这样一份到那里之后要带孩子们排戏演戏的心思吗？真的，很惭愧，我恐怕做不到。

在读罗兰·巴特的《文之悦》一书时，读到其中"梦"的一节，看到他写道："梦是一个未开化的轶事，由完全开化的感觉构织而成。"不知为什么，我再一次想到这位女老师和她的学生们。我忽然想到，那条被染绿色的床单，其实就是他们的梦啊，是这位女老师在心中先有了这样一个"完全开化的感觉"，先织就了这个梦，然后再把这个梦传递给她的学生们，让这个梦在孩子们的心里一起升腾起来，让这样的梦不仅成为了一则逸事，更成为感动我们的一个传奇。

包括她和孩子一起排戏演戏在内的一切艺术，其实，都是人类之梦。这个梦，即使再单薄、再弱小、再缥缈，却可以帮助我们抗争世界的战争等一切灾难，平衡生活的不公等一切痛苦，让我们对这个世界，对我们的生活，抱有可以活下去的信心和勇气。

所以，他们可以将床单变成天空和草地。

而我们童年的床单，只是演戏时的幕布。

在回忆中，我们的床单，还是床单；而他们的床单，已经成为一种梦境。

2020 年 9 月 12 日细雨于北京

谁能保留六十六年前的贺年片

在新浪博客上偶然看到一篇文章，是汇文中学一位叫李守圣的学长回忆王瑷东老师。因为王老师也是我所敬重的中学老师，所以格外关注这篇文章。李守圣是 1954 年考入汇文读初一，那一年，王老师二十四岁，刚刚当老师不久，青春芳华，热情满满。

文章中写到这样一件事，给我印象很深，让我格外感喟。这一年开学不久，王老师骑着她那辆"二八"男式自行车，穿街走巷，到全班五十七个同学家中，都进行了家访。这一年除夕前，王老师用她的工资买了五十七张贺年片，邮寄到每一个同学的家。

六十六年过去了。李守圣学长还保留着王老师寄给他的这张贺年片。上面写着"送给守圣同学"，还印着王老师的一枚红红的印章，显得那么正式，像大人送给大人的一件礼物。想如今我们有的老师是大把大把地接受学生送来的贺年卡，以及比之更为贵重的礼物，不觉哑然，不知今夕何夕。

贺年片上面印着的是一幅年画：天下着霏霏细雨，一个男同学背着一个病着或是伤着的同学，走在泥泞的乡间山路上。背上的男同学手里打着伞，前面坡下的一个女同学，怕他们滑倒，伸着手在接应。这张年画，我小时候曾经见过，贴在很多人家中的墙上，是那个年代常见的风格，温暖的友情，写实的画风，扑满纸面氤氲温馨的调子，如那时舒缓的丝竹弦乐。

是的，我猜得出，王老师想传递的这样温暖的友情，音乐般荡漾在李守圣的心头。因为那时候十二岁的李守圣，全家五口人挤在一间只有九平方米的小屋里艰辛度日。王老师特意选了这张贺年片，是想告诉他，有来自同学和老师温暖的友情，会帮助他渡过生活拮据的难关。

让我感动的是，十二岁的李守圣敏感地感知到王老师的这一份无言的感情。这张贺年片，便有了生命和情感的回响，经过王老师的手，而带有了温热，像一朵花，从而在李守圣的手里盛开。而且，奇迹般，这朵花竟然一直开放了六十六年而没有凋零。

在博客上，看到李守圣晒出的这张贺年片的照片，真的感觉像是一朵颜色古朴敦厚的花，不惹尘埃，不为争春，只为李守圣一个人默默地开放。

让我感动的，还在于李守圣竟然把这张普通的贺年片保存了整整六十六年。凡是和李守圣一样曾经经历过这六十六年岁月的一代人，都能够体会得到，这六十六年的风风雨雨，坎坎坷坷，辗转跌宕，荣枯浮沉，能将一件东西保存下来，是多么不容易。也可以想象，六十六年动荡之中，光是迁徙搬家该有多少回，无意或有意丢掉的东西，肯定会比保留下来的要多得多。况且，它只是一纸薄薄的贺年片，不是一件祖传的古瓷或一帧名画。

但是，对于价格与价值的认知，却是因人而异的。在李守圣的心里，价格肯定并不等同于价值。在尘埃弥漫之处，在游思四起之处，在乱花迷眼之处，能够看到一线微茫之光神性般地闪烁，如此，他才会把这张看似普通的贺年片珍存了六十六年。可以想象，十二岁的少年，王老师的这一点关怀，让他幼小的心温暖、舒展并坚强起来，让他知道艰难困苦，玉汝于成。在一个孩子的成长路上，往往一件看似不起眼的小事，却如同画出的一道银河，帮助孩子来到一个新的天地。事实上，李守圣没有辜负王老师，中学毕业考取了哈军工。

这张贺年片，也让我感慨。六十六年前，王老师曾经给李守圣全班五十七名同学每一个人都寄去了一张贺年片。我不知道，如今，除了李守圣保存着一张贺年片，还有多少人保存着他们手中曾有过的贺年片？我不敢说李守圣的那一张贺年片是硕果仅存，但我敢说，起码大多数人的手中已经拿不出来贺年片了。

这样的揣测，不是要责备什么人。因为我同时在想，如果我是他们全班的五十七名同学之一，我会保存着那张贺年片吗？真的非常惭愧，因为我不敢保证，而且，我想，大半我早已经把它丢掉了。尽管我可以为自己找出种种理由，我们不可能事无巨细把所有的东西都保留下来。但事实是我把它丢掉了，丢掉在遗忘的风中。

保存一张贺年片，看起来，是多么容易，多么简单，它又不是什么大件的东西，需要占地方，需要你费劲儿地搬动。它只是薄薄的一张纸，夹在一本书中就可以了。很多事情，只道当时是寻常，但真的要你有心去做到，就不那么寻常。即使让你重新活一次，恐怕你依然如故，还是会把一张贺年片随手抛掷。因为那毕竟不是一张大额存单，可以有心理预期，到六十六年之后兑现。

李守圣却做到了。他把一张普通的贺年片保存到六十六年之后，兑现的是他和王老师彼此的真情，让他们相互感动、感知而感叹，让他们彼此相信，真挚而纯粹的感情，并没有完全风化成一块千疮百孔的搓脚石，还可以是一池没有被污染的清泉水。

好老师，也得有好学生。就像好乐手，也得有好知音。李守圣和王老师，是高山流水的知音。放翁曾有这样一联诗："古琴蛇蚹评无价，宝剑鱼肠托有灵。"宝剑鱼肠，说他们也许不合适；但是，古琴蛇蚹，说他们这一段逸事正合适。李守圣和王老师这一对师生友情，就是那古琴蛇蚹，无字而有韵，保存着李守圣少年和王老师青春的美好，让他们可以一弦一柱思华年。能够为这一份友情出示证言的，便是这张贺年片。这张保存了六十六年的贺年片，便有了灵性，有了情意，有了生命；也让逝去的这六十六年光阴，有了值得回忆和回味的绵长滋味。不是我们每一个人都有这样一件普通却又无价的东西，能够保留六十六年之久的。

今年，正是王老师九十大寿。祝王老师健康长寿！

2020 年 9 月 10 日于北京

从未谋面

    小时候，还未上小学，或者刚刚上小学，有一天，父亲让我去小酒铺打二两地瓜烧。那时候，街上有一家小酒铺，就在我家住的大院斜对门，是新中国成立以前大酒缸改造过的，不过，依旧保留着大酒缸的特点，店里摆两张木桌，几条板凳，卖零散的白酒、黄酒和猪头肉、花生豆、拍黄瓜之类的下酒小菜，方便在那里喝酒的人。

    我愿意干这种打酱油打醋、买盐买酒的活儿，找回来的零钱，可以给我，我能买点儿零食，或者到小人书铺借书看，借一本，一分钱。我拎着空瓶子跑到小酒铺，把瓶子递给老板，叫道："打二两白酒！"老板转身还没给我把酒从酒缸里扎上来，就听"砰"的一声，在不大的小酒铺里响得很厉害。是我惹祸了，我不小心把放在柜台边上的一个大白粗瓷碗给碰到地上，摔碎了，里面盛的酒溅湿了我的脚面，酒味弥散在空气中。我有点儿吓坏了，下意识地转身跑了几步，跑到门前，愣愣地站在那里，觉得满屋人的目光都落在我的身上。我知道，人家肯定得要我赔钱，我除了打酒的钱，没有钱。如果让我回家找家长要钱赔，会挨骂的。我并不是要逃跑，是有些害怕。

　　一个粗壮的男人，立刻走到我的面前，一把抓住我的胳膊喝声问道："想跑啊？白摔了我的酒？听响儿呢？"我想和他解释，但我一句话也说不出来。那人是先从柜台上拿走了下酒菜，回转身想再拿酒碗的，没想到，就这么一会儿的工夫，让我不长眼，把酒碗碰到地上。他揪着我不放，非得让我赔他的酒。我被他有些凶神恶煞的样子吓哭了。

　　就那么在门口僵持好大一会儿，老板一手端着我的酒瓶子，一手端着一个大白瓷碗的酒，走了过来，先把酒递给了那个壮汉，再把酒瓶子递给了我。我和那个壮汉都有些奇怪，莫非老板善心大开了，小酒馆小本经营，赚钱不易的呀。老板笑着对我说："好了，别哭了，刚才有人替你把酒钱赔上了！"

　　我拿着酒瓶子转身就慌慌张张地跑回家了，竟然都没问一下是谁帮我赔的酒钱，也没有说句谢谢。但是，这件事我永远记着，长大以后，常常会想那位好心人是谁，长得什么模样。

1974 年的春天，我从北大荒调回北京，那时候，大学多年停办，没有新的毕业生补充，北京中学老师极度缺人，从北大荒抽调老三届中的高中生回北京当老师。我回北京，就是当老师的。

当时，我们农场的高中生被分配到丰台区各中学当老师，要先到丰台教育局报到，等待具体分配。丰台教育局离我家很远，需要到永定门火车站坐一站火车，因为父亲去世，家里只剩老母亲一人，需要照顾，我请同学去教育局替我报到。同学去了，得知我被分配到长辛店中学，好家伙，比教育局还远，离家更远了。同学打电话告诉我，我请他找教育局的人陈情我家有老母需要照顾的具体情况，请能够考虑分配离家近一点儿的中学。还真的不错，教育局的人听完同学介绍我的情况后，立刻网开一面，大笔一挥，将我分配到离城里最近的东铁匠营中学。

这简直像是天方夜谭，我本人都没有到场，只是听同学这样一说，调动的事情立刻峰回路转，柳暗花明。今天，说出来，谁会相信呢？当时，我连句感谢的话都没有说啊。

时至今日，我依然常常会想起这件事情，至今都不知道教育局替我办好调动手续的人是男是女，但我在心里常怀对他或她的感念，因为这件事情，现在办起来不知道要费多少周折，当时却是这样的简单、干净，笔直得没用一点拐弯儿，甚至一点儿推诿或犹豫的停顿都没有，连贯得就像一道清澈的瀑布笔直而自然地流淌而下。

1977年的年底，我写下我的第一篇小说《一件精致的玉雕》，开始投稿，却是烧香找不着庙门。当时，我在丰台文化馆的文学组参加活动，文学组的朋友看完小说后觉得不错，替我在信封上写下地址，再剪下一个三角口，连邮票都不用贴，就寄给了《人民文学》杂志。我心里直犯嘀咕，《人民文学》是和共和国同龄的老牌杂志，是文学刊物里的"头牌"，以前在它上面看到的尽是赫赫有名作家的名字。那时候，刘心武的小说《班主任》刚刚在《人民文学》上发表，轰动一时，《人民文学》自然为众人瞩目。我这篇单薄的小说，能行吗？

没过多久，学校传达室的老大爷冲着楼上高喊有我的电话，我跑到传达室，是一位陌生的女同志打来的，她告诉我她是《人民文学》的编辑，你的小说我们收到了，觉得写得不错，准备用，只是建议你把小说的题目改一下。我们想了一个名字，叫《玉雕记》，你觉得好不好？我当然忙不迭地连声说好。能够刊发就不容易了，为了小说的一个题目，人家还特意打来电话征求一下你的意见。光顾着感动了，放下电话，才想起来，忘记问一下人家姓什么了。

1978 年的第四期，《人民文学》杂志上刊发了这篇《玉雕记》。我到现在也不知道打电话的那位女同志是谁，不知道发表我的小说的责任编辑是谁，那时候，我甚至连《人民文学》编辑部在什么地方都不清楚，寄稿子的信封都是文学组的朋友帮我写的。一直到 20 年后我调到人民文学杂志社，我还在打听这位女编辑是谁，杂志社资格最老的崔道怡先生对我说，应该是许以，当时，她负责小说。可惜，许以前辈已经去世，我连她的面都没有见过。

人的一生，世事沧桑，人海茫茫，从未谋面的人，总会比见过面的人要多。在那些从未谋面的人中，都是你所不熟悉甚至根本不知道他们经历、性格、秉性的人，他们当中，能够有帮助过你的人，都是没有任何利害或功利关系、没有相互利用或交换价值，甚至没有任何蝇营狗苟的些微欲望的人，他们对你的帮助，是出自真心，是自然而然扑面而来的风，滴落下来的雨，绽放开来的花。那种清爽、湿润和芬芳，稀少，却是实实在在的存在，他们让你相信，这个世界存在再多的龌龊，再多的污染，再多的丑恶，也不会泯灭人心与人性中的美好，让我们心存温暖而有生活下去的信心。

对他们说谢谢，他们是不需要这样单薄的话的。他或她让我感受到在世事沧桑之中，那种心地良善而简单清爽所带给人持久的感动和怀念。从未谋面，却那样熟悉，那样亲切，总会清晰地浮现在我的面前，定格在我的记忆里。

2020 年 8 月 12 日于北京大雨未来之时

美丽的脆弱

　　我有一个朋友，假期没有像有的人那样往风景热闹的地方跑，偏偏跑到了当年他插队的地方。那是一个叫作西尔根的地方，很动听也很陌生的名字。走之前，全家没有一个人同意他去。是啊，都离开那里二十六年了，没有任何一点儿的联系，干吗心血来潮非要去那里？他偏偏就是一意孤行，只好偷偷地离开家，上了奔向内蒙古草原的火车。就像二十六年前他离开北京去西尔根那天一样，也是独自一人，傍晚的夕阳火红，显得有些凄清。

　　其实，上了火车，他自己也没明白为什么一根筋似的非要大老远地跑一趟那里。也许就像罗大佑的歌里唱的那样："眼看着高楼盖得越来越高，我们的人情味却越来越薄，朋友之间越来越有礼貌，只因为大家见面越来越少；苹果价钱卖得没以前高，或许现在味道变得不好，就像彩色电视机越来越花哨，能辨别黑白的人越来越少……"久居城市，天天见到的都是这些钢筋水泥和上了油彩化妆的脸，心都磨出了厚厚的老茧，硬得油盐不进，真是容易让人心烦意乱，他要躲个清静，突然想起了离开了二十六年的那个遥远的草原？

他说不清，他是个强悍的人，想好的事就要去做，不会在关键的时候弱了下来。坐了一天一夜的火车，又坐了大半天的汽车，他就是要奔向那个叫作西尔根的地方。这地名对家人陌生得犹如在天外另一个星球之上，对他却是比世界上任何一个旅游胜地或其他辉煌的地名都要刻骨铭心。望着窗外奔驰而过的北方原野，他愣是一天一夜在火车上没合眼。

他终于见到了西尔根和在西尔根他想见的人。他曾经在那里度过了整个青春期，那个地方怎么能够像吃鱼吐刺似的轻易地剔除得掉呢？许多和青春连在一起的东西和地方，不管好坏，都是难以忘掉的。西尔根，西尔根，有时会在心中叫着它，就像叫自己的名字一样。

因为最后几年他当了民办老师，他教过的学生先是呼喊着

"巴克西依乐咧"（蒙古语，老师来了）都跑了过来，却不是他想象的样子，个个已经面目皆非。都是有了孩子、四十岁上下的人了，有的还居然有了孙子，能不让他感慨路迷天折，流年暗换？

又听见了熟悉的蒙古语，又吃到了熟悉的扒羊肉，又吃到了熟悉的奶皮子，又闻到了熟悉的"乌日莫"拌炒米的香味和属于西尔根草原风中的清香……酒酣耳热之际，这些学生对他说："老师，我们给你唱首歌吧！"他以为是常见的蒙古族人喝酒时的唱歌助兴，那就唱吧，没想到他们忽然齐刷刷地站了起来，齐声唱的竟是二十六年前自己教他们的那首歌。如果不是他们唱，他几乎都要忘光了，他一辈子就自编了这么一首歌，二十六年了，他们居然还记得？记得这么清清楚楚！不知怎么搞的，当着那么多的学生，一下子竟泪流满面。

他才发现自己原来并不那么坚强，竟然这样脆弱。一首陈年老歌就让自己的眼泪没出息地流出来。

其实，有时候，人心需要一点儿脆弱。我们太崇尚所谓的强人和牛仔硬汉，其实，时时都是那样坚强，像时时穿着盔甲、举着盾牌似的，会让人受不了。就像城市要是处处都变成坚硬的钢筋水泥，露不出一点儿见泥见土的地方，就不能让雨水渗进去，滋润出一片青草或一匝绿荫。如果我们还能够在行色匆忙之中偶然被一首陈年老歌或被一点儿些微小事打动，说明我们还有药可救。

有时候，脆弱就是这样测量我们是否还有药可救的一张pH 试纸。

2005 年 5 月写毕于北京

站台
回旋曲

《
扫
码
聆
听

视频电话

　　手机有了视频功能之后，打电话方便许多，也进化许多。再远的距离，可以动一下手指即可连通；而且，还可以有图像，活灵活现，仿佛就在眼前，触手可摸。不得不惊叹人类高科技的进步。

　　在物质不发达的年代，电话都不普及，高科技更是遥不可及。打个普通的电话都困难，别说打长途电话、视频，更只在遥远的梦中。

　　记得在北大荒的时候，如果想给北京家里打个电话，需要到农场场部的邮局去打，全农场只在那里有一台电话，可以打长途。从我们生产队到场部，要走十六里地。如果是冬天，特别是春节前，常常会遇到"大烟泡"。顶着风雪，踩着雪窝子，走到场部，已经成了雪人。走进邮局，光扫身上的雪，就要扫半天。

即便挂通电话，北京那边接电话的是管公共电话的人，那人要走到我家大院里，叫我妈或我爸去接电话，我妈或我爸要走到公共电话那里，才能接到我的电话。这来回一去一来的时间，都是要电话费的。在等候我妈我爸接电话的时候，电话筒里嗡嗡的响声和我心里怦怦的跳动，一起回响，响得惊心动魄，都是人民币唰唰的声音呀。所以，我很少打这种长途电话。

从北大荒回到北京，更是很少打长途电话。我弟弟在青海石油局工作，好长时间没来信，那里是戈壁荒滩，天远地远的，家里人都很担心，让我去给他打个长途电话。那时候，打长途电话，要去六部口的电报大楼，从我家坐公交车，坐四站地，才可以到。记得也是春节前夕，到了那里，打长途电话的人很多，每个人要先拿一个号，像在医院里候诊时等着护士叫号一样，也得等着叫号。那里有好几个电话间，叫到号的人，告诉你到几号电话间，就看见从那个电话间走出一个人，你紧跟着走进去。那情景就跟现在街头或公园里的临时厕所，等一个人开门出来，你再迈步跟进。等待的时间和焦急的心情一样长。

真到打电话了，却几分钟就完事了，快得和乘车到这里的时间以及在这里等候的时间，简直不成比例。

那天，我终于给弟弟打通了电话，等他跑过来气喘吁吁地接电话，一共没用五分钟，没说几句话，我就赶紧放下了电话。知道石油局为搞春节晚会，他正吃凉不管酸和同伴排练话剧《年青的一代》呢。放下话筒，我气不打一处来。

前些日子，读到一首诗《落日颂》，作者是位打工者，名字叫窗户，显然是个笔名。诗很短，只有三小节——

和儿子视频，落日映红窗外

放假以后的操场上，空空荡荡

儿子告诉我

他养的蚕长大了

他的脚不小心扭伤了，妈妈给他贴了止疼膏

他像小鸟一样叽叽喳喳

我一直默默倾听

在视频里看到他妈妈偶尔走过的身影

和一缕投向我的温柔的目光

落日缓缓落下，我所在的地方
是他们未曾抵达的远方

读完这首诗，我很感动。如今，即使是普通的打工者，再一般的人家，也会有个手机，都可以打视频电话。于是，相隔再遥远的距离，也可以一键相连，近在咫尺。再不用像我当年为打一个长途电话，在北大荒要顶着风雪跑十六里地，在北京要跑到电报大楼候诊一般焦急地等待。

关键还可以视频。面对面，有那样多的细节，有那样多的感情，洋溢在视频的画面中。诗写的只是他和儿子的视频，但他在家辛勤的妻子，也闪现其中："他妈妈偶尔走过的身影，和一缕投向我的温柔的目光"，多么地温馨动人。如果没有视频，和以前我打长途电话那样，只有声音，这样的身影和目光，便像被筛子筛掉一样而无法再现。

不知为什么，这首诗要起一个《落日颂》这样的大题目？如果我是作者，索性就叫《视频》。

视频，太简单，太平庸，没有落日和远方的诗意。视频，却已经走进了我们日常的生活，让再简单、再平庸、再琐碎的生活，有了感情生动的闪现；让再简单、再平庸、再琐碎的感情，有了一抹色彩和光影，如一幅幅流动的画面。

2023 年 2 月 26 日于北京

小院记事

1975 年的盛夏，我家从前门搬到洋桥。那时候的洋桥，虽然离陶然亭不远，在如今的三环路内，却属于郊外，比较偏。房子是新建不几年的红砖房，一排一排的，很整齐，有些像部队的营房。住在这里的大部分人，是当年修北京地铁的铁道兵，复员转业后留在北京工作、安家，住在这里。

搬到这里，图这里的清静，特别是每家门前有一个小院，比城里的房子宽敞许多，母亲愿意在小院里种点儿丝瓜、苦瓜、扁豆之类的菜吃。

　　这里有个缺点，用水不方便，自来水没有通到家里，打水跑老远，要到公共水龙头那里。但是，我发现不少人家的小院里都有水龙头，不知道是怎么将自来水通到自家小院里的。

　　刚搬过来没几天，隔壁西院的一位街坊见到我，热情地和我打招呼。我们互相做了自我介绍，他知道了我在中学里教书，我知道他姓陈。虽然是第一次见，我还是忍不住问了他自来水这个问题。他告诉都是各家自己将自来水接通的。我心想，各家离公共水龙头那么长的距离，怎么接到院子里呀？我一筹莫展，直嘬牙花子。

　　第二天下班之后，这位街坊带来一个高高个子的男人到我家，向我介绍：请来了师傅，和我一样也姓陈，他就住在前面一排，请他来帮你接通自来水！

　　这位陈师傅，有四十来岁，和我的邻居一样，都是当年的铁道兵。对于我天大的难事，对他是小菜一碟。我一个劲儿对他说：这么麻烦的活儿，可怎么干呀？他对我说：地铁我们都修成了，这点儿活儿算不了什么。他带来铁铲、扳手等工具，还有几节水管、一个水龙头、几个弯头和细麻线。三下五除二，他们两个人就开始破土动工，不一会儿的工夫，就接上隔壁陈师傅家院子里的水管，然后从地下面将水管通到我家院子里，安上弯头，竖起一根水管，再安上水龙头，齐活，自来水哗哗地流淌了出来。

我不知道怎么谢他们才好！直要掏钱，这水管、弯头、水龙头，都得花钱呀。他们二位连连推托着，笑着对我说：我们是干什么的，还用花钱买？这些都是单位不用的边角料！

他们二位就这样走了，尽管我一再挽留他们，怎么也得一起在家里吃点儿饭，喝点儿酒呀。他们还是走了。

临走时，这位陈师傅指着水龙头，对我说：赶明儿，我弄点儿水泥和砖头，再帮你在这里修个水池子。

想起老话：千金买房，万金择邻。

二

1976 年的初秋，我的一个同学，原来同住前门那条老街的发小儿，突然找我。不知她从哪儿听到"四人帮"马上就倒台了，特意跑来告诉我这个好消息的。下班后，她就往这里赶，那时候，从城里来我家比较远，只有一趟 343 路公交车，要在虎坊桥那里坐车。她赶到这里时，天已经黑了，下车后走得急，跌了一跤，摔破了膝盖。

更不赶巧的是，不知怎么搞的，我们那一排房子突然没了电，四周一片黑洞洞。她来到我家，问我：怎么回事？我说刚才还有电，不知怎么突然就没了电。

她走出屋，抬头望望房顶，看见了上面悬浮着的电线和房后的电线杆，对我说：有梯子吗？

院子外面，站着好多街坊，对这样突然停电都很奇怪，因为除了我们这一排房子，其他的房子都亮着灯，大家纷纷从屋子里走了出来。

有街坊已经搬来一把梯子。只看我的这位发小儿，二话没说，麻利儿地爬上梯子，爬到房顶。我跟着她也爬了上去，看见她不知怎么三鼓捣两鼓捣，很快就把电线修好了，屋子的灯齐刷刷地都亮了起来。地上的街坊们响起了掌声。

我很为我的这位发小儿骄傲！她真的是给我长了脸。我一个劲儿地向街坊们夸她，夸得她不好意思，笑着摆手。我知道，她是哈工大物理系毕业的，尽管是工农兵学员，毕竟也是出身名校。这样的活儿，对于她算不了什么。

　　我永远忘不了那天的晚上，她像狸猫一样顺着梯子爬到房顶的样子。她穿着白衬衫和天蓝色的百褶裙，站在房顶上，背后是瓦蓝色的夜空，记忆中是那样的清晰明亮。那一年，她和我一样，二十九岁。一晃，四十七年过去了。当年年轻的姑娘，已经成老太婆了。

　　想起沈祖棻的一句诗："万里秋风同作客，一场春梦总成婆。"不觉哑然失笑。

三

　　1978 年的初冬，我考入了中央戏剧学院。那时候，我的妻子在天津工作，还没有调到北京来。我将年迈多病的母亲送到姐姐那里住，开始了我四年的大学生活。

　　因为家里没有了人，我住校，平常的日子便很少回家。有一次星期天回家，是入学第二学期刚刚入夏，没有想到，院墙高，一时看不见院子里的情况，推开小院的栅栏门，好家伙，吓了我一跳，扑在面前的，竟然是半人高的荒草，那样茂盛，密麻麻，长满院子，自在而得意地随风摇曳，映得门窗的玻璃都晃动着一片萋萋的绿色。在城市里，见到这样高这样密的一片荒草，也不容易。

我只好先拔草，才能进门。我家东边另一家邻居，有一个男孩子，在读高二，读初三要毕业的时候，他知道我是中学老师，曾经找我给他补过课，我顺便从学校里拿来一些语文、数学的参考材料和习题给他。他看见我正在忙活拔草，对我说：您用手拔不灵！说着，他从他家里拿来两把铁铲，和我一起除草。一边除草，他一边天真地对我说：没想到您家的草长这么高，这要是庄稼多好啊！

除完草，我谢过他，他摆摆手，对我说：您总不回来，草才长这么高，您得常回来呀。而且，您家的院门也不锁，多不安全呀！

我连连点头，是我懒，没有好好修修院门，安把锁头。也是觉得家里没什么东西，可以值得让小偷光顾。

他忽然问我：您什么时候回来一次？一个月吗？一个月总该回来看看了！

我点点头，说他说得对！

下一次回家，还真的是一个月后。心想，院子里的草肯定会长出来，大概不会那么高、那么密、那么吓人了吧？

推开院门，竟然没有草。我很奇怪，草的生命力强得很，野火都烧不尽，春风就能吹又生呢。草都到哪里去了呢？

事后，我知道，是这个可爱的高二学生，计算着一个月快到，我该回来了，帮我先把草除掉了。

好长一段时间，他都是这样帮我除草的。我问过他为什么要帮我，他说您也帮过我呢！再说，这是手到擒来的事情！

我怎么这么幸运呢？怎么总能碰到这样多的好人呢？想起老人说过的老话：世上还是好人多坏人少，山上还是石头多沙子少。真的呢！

四

我上大学的第二年暑假过后不久，一个年轻的朋友结婚，一时没有房子住，想暂时在我家住一段时间。他们比我小十来岁，也到结婚成家的年龄了。我想，反正房子空着也是空着，何不成人之美？而且，还可以让他们帮我看着家，省得老麻烦邻居，起码少让隔壁的那个高二学生总帮我除草。

有他们住，我更是极少回家了。寒暑假里去看看我母亲和妻儿老小，上课的日子住在学校。不操家和小院的心，倒也乐哉悠哉。

他们在我家里住了几年，一直到他们有了房子搬走。那时候，我回家一看，发现放在屋子墙角的铁皮箱不见了。那个铁皮箱子，虽然有几十年的年头，已经很破旧了，但是它是父亲留下来的唯一像点儿样子的遗物。我把中学时代和到北大荒写的几本日记、写的诗、抄录的几本唐诗宋词元曲的笔记本，都放在这个箱子里了。更主要的是，那里面还有我从北大荒回到北京后，每天下班后回家点灯熬油，呕心沥肚写的长篇小说《希望》的稿子，三十万字，好几百页的稿纸，虽说没有什么价值，也没什么希望，对于我却是整个青春期的纪念，总还是有些敝帚自珍。

我赶忙找这个铁皮箱子。心想，可能是他们觉得箱子放在那里，占地方碍事，而且锈迹斑斑，那么破，不好看，怪扎眼的，给放到床底下了。但是，看看床底下，没有。是两间刀把儿房，不大，还会放在哪儿呢？找遍了，没有。最后，看见箱子在院子里的墙根下，委屈地挤在那里，一副颓败的样子。箱子是铁皮的外壳，还囫囵个儿，打开箱子一看，里面的本和纸都早已经沤烂了。也是，这样长时间的风吹日晒，尤其是夏日里的雨淋，能不沤烂吗？

想想从十几岁到二十几岁漫长岁月的痕迹，居然变成了一摊烂泥。尽管没有对他们讲过，心里多少还是有些怅然。他们比我要小，没有二十世纪六十年代我的中学经历，更没有北大荒的生涯，毕竟和我像隔在对岸，即便面前流淌着同样的水，拍打冲刷着的却是不同的河岸，留下的是不同的回声。

茨维塔耶娃的诗里说："在我们之间还隔着一个自然段，整整一段。"

2023 年 2 月 19 雨水日写毕于北京

萍水相逢

　　1968 年的冬天，我到北大荒不久，第一次去富锦县城。那是离我们生产队最近的县城，有一百多里地。县城，不像我们生产队那样荒僻，也不像北京那样繁华，它很嘈杂，寒冬的风雪，并没有阻挡人来人往的脚步。中午时分，我走进一家小饭馆，准备吃点儿东西。我从来没有见过这样的饭馆，刚掀开棉门帘，一股热气扑面而来，浓雾一样包裹着我，我看见的只是一片模糊的影子，人声鼎沸，热浪一样滚来，把我吞没。

　　点了碗面，坐在饭桌前等候，等了许久，面也未上来。我想喝点儿开水，暖和暖和，看见屋中央立着一个汽油桶改造的大火炉，炉里烧着松木桦子，炉上坐着一个吱吱冒着热气的水壶，便走到柜台前，向服务员讨要个碗好去倒水。服务员指指前面的水池，我走过去，看见水池里放着好多大白瓷碗，便顺手拿起一个，看见里面有水，把水倒净，转身刚要走，一个反穿着羊皮袄的壮汉走到我的身旁，厉声问我：你怎么把我的酒倒了？我有些莫名其妙，怎么会是酒？壮汉不容分说、毫不留情地非要我赔他的酒。我和他争辩起来，壮汉不依不饶，一时闹得声响很大，众人的目光落在我们的身上。

这时候，另一个壮汉走了过来，拉开了这个壮汉，说道：你没听这娃子说话，一口京片子，肯定是刚来的知青？生牤子，不懂行！说着，他从水池里拿起一个空碗，走到柜台前，买了一碗酒，送到那个壮汉的面前。然后，他走到我的身边，对我说：你刚来不懂咱们这疙瘩喝酒，都是泡在这水池里温酒，你摸摸，这水是热的。你肯定是把他碗里的酒当成水泼了！我谢了他，他摆摆手，转身回到座位，接着喝他的酒去了。

1992 年的夏天，我在巴黎的戴高乐机场转机去巴塞罗那，采访那一届的奥运会。戴高乐机场非常大，转机的候机大厅很远，时间紧张，穿过拥挤的人群，我拼命地往前赶路，走出了一身汗。

忽然一眼看见坐在椅子上的一位中年女人手里拿着邮票，是一套小连张，好多张邮票连在一起。那时候，我集邮，知道好多国家都在出这届奥运会的纪念邮票。尽管时间紧张，还是忍不住地停下来，用拙劣的英语问她：您这是奥运会的纪念邮票吗？她点点头。我又问她：在哪儿能买到这邮票？她向前指指，然后摇摇头，摆了摆手势，我猜大概意思是离这儿有些远，或者是这里地形复杂，你难找到。

一定看到了我脸上露出有些失望又有些渴望的表情，她微微一笑，从手里小连张撕下两张邮票，递给了我。我赶忙掏钱要给她，她连连摆手。我谢过她，她又冲我摆手，让我赶紧赶路。

去年秋天，我和老伴去潭柘寺，看那里的千年银杏古树。我们已经好多年没去那里了。银杏树一片金黄，每片叶子都被阳光镀上了一层碎金子似的，闪烁着耀眼的光芒，也闪动着千年之间沧桑岁月的回忆。两株银杏树周围都是人，都在兴致勃勃地和银杏树合影留念。在北京，有银杏古树的地方很多，但这里大概奏响了北京秋天最盛大的华彩乐章。

　　我和老伴相互拍照。不知什么时候，一个陌生的年轻姑娘走到我的身边，微微笑着，对我说：我光看见您二老互相照了，我给您二位照张合影吧！

　　我望了望姑娘，个子高高的，面容清秀，忽然心里很有些感动。我和老伴外出游玩，相互照的都只是单人照片，从来没有一个陌生人走过来，好心地问我们要不要照一张合影。只有这位姑娘，第一次为我们照了张合影。我们身后的银杏树那样金黄，我们面前她的身影那样漂亮，那样亲切。

　　无论五十五年前替我赔了一碗酒的壮汉，还是三十一年前送我两枚奥运会纪念邮票的巴黎妇女，或是去年那么善解人意为我和老伴照相的年轻姑娘，其实，和我都只是萍水相逢。在现实生活中，我们接触更多的是亲人、熟人和有种种关系往来的人。萍水相逢的人，不过是擦肩而过，你甚至不知道他们的名字，以后再也见不到他们。比起前者，萍水相逢，显得更细微，更琐碎，更微不足道，如同轻风吹过水面，只荡漾起一丝丝涟漪，然后消逝得无影无踪。但就是这样细微琐碎而微不足道的萍水相逢，让我久久难忘、感动的恰恰是这样细微琐碎和微不足道。他们让我感受到人世间的良善和美好，还是那样顽固地蕴含在人心深处，常会在萍水相逢中不经意流淌，湿润了我们业已干涸的心房。

2023 年 2 月 9 日于北京春雪中

荒草吟

　　和地道的乡村不尽相同，北大荒地处僻远，四周被一片荒原包围，人员又都是四面八方聚集而来，聚集在一起的时间并不长，因此少有些传统意义上乡村代代相传下来的固有规矩与习俗，便更具有一些如荒原上一望无际的荒草一样的狂野和自由，甚至还有一些肆无忌惮却不以为然的热情和放荡。记得那时候夏天我们到菜地摘西红柿，缀满叶间的西红柿，红得透透的，胀得鼓鼓的，真的是鲜艳欲滴，只要一碰就会汁水四溢。当时我给报纸写稿，写了这样一句：那些熟透的西红柿，要红得鲜艳欲滴，压在架子上，又摇又晃，就像队上那些小娘儿们般的妖冶。可惜，文章发表时被删掉了。

　　那些小娘儿们，说的不是女知青，而是村里年轻的女人。

她们一般是复员军人和山东支边人的家属，还有的是盲流的家属。前者，什么地方的人都有，后两者多是来自山东。她们虽然早早就结婚生子，但很多人都很年轻，比我们从北京来的知青大不了几岁。从北京、上海、天津、哈尔滨大城市，陆陆续续来了那么多的知青，男男女女，又都是处于青春期，按捺不住的爱情，在队上的白天黑夜和角角落落里泛滥，不可能不对那些小娘儿们没有触动和刺激，让她们想起自己的恋爱季节，或后悔，或羡慕，或暗潮涌动，潜流隐起。

　　我们二队大老李的老婆，性情温和，不善言辞。在我的记忆里，我是从来没有听见过她说话，什么时候见到她，只见她温和地笑，那笑里带着她对任何人的友善和低眉顺气的谦卑。这性格，和她的丈夫大老李十分相似。大老李是康拜因手，人长得高大魁梧，是条英俊的汉子。从长相来说，他老婆和他很相似，可以说也是属于俊俏的小娘儿们，而且，和他一样个头儿很高，虽然身体有点儿发福，但更有一种成熟女人的美，尤其是白皙的脸蛋上，长着一双丹凤眼，比大老李还要让人想多瞅上几眼。想想，那时候，她和大老李都刚刚是三十出头的样子，正是徐娘正好、风韵犹存的年华。

　　大老李不苟言笑，干活儿很投入，他那台红色的东风康拜因，被他侍弄得干干净净，即使是开春埋汰雪或夏天暴雨过后，干了一天活儿的康拜因跟个泥猴似的，下班之后，他也会把它收拾得光可鉴人，好像是时刻准备出嫁的闺女。队上的人，谁经过那里，都会夸完了康拜因，夸大老李。这一点，他老婆和他也很相似，爱干净，她有两个孩子，一个刚上小学，一个还满地爬，都是正淘的年龄，但家里家外，包括她自己和孩子，只要是出门，什么时候都是干干净净、利利索索的。大老李一身整洁的行头，人们都会夸赞是他老婆的功劳。

　　在我们二队，这是一对夫唱妇随的夫妻，是一对让人羡慕的夫妻，是天造一对地设一双的夫妻。当然，除了羡慕，也有人嫉妒，甚至馋涎欲滴，不过，表现出来的都是羡慕和赞扬，而把后者藏在心里，或背地里悄悄地议论，或喝醉酒后呓语。据说，也有个别的坏小子，趁着大老李不在家的时候，半开玩笑、半心怀叵测地故意挑逗过她，都被她呵斥，像撵狗一样给撵出院子。一个不怎么说话的女人，一旦说起话发起狠来，谁都害怕。那几个坏小子背后恶毒地说她是不叫唤的母狗，更凶！

　　谁也没有想到，这样一对模范夫妻，居然出事了。所谓出事，我们队上人们称作是乱搞。男女关系的事情，是人们最热衷关心的，也是风传得最快的，可以说是偏远寂寥荒原上的调味剂和娱乐节目。人们对她很长一段时间津津乐道不已，在于她和谁乱搞不成，非要和我们二队新来的队长乱搞！那个队长，人长得又矮又胖，跟个大冬瓜一样，和大老李一比，就像武大郎和武松一比，差得不是一个节气。为什么大老李老婆要跟这么一个老冬瓜乱搞在一起呢？这是让大家愤愤不平的事情。

　　一时间，这件事，在我们二队传得沸沸扬扬。说老实话，起初，我是不大相信的。我觉得是这些人吃不着葡萄说葡萄酸的心理在作祟，故意编派人家大老李的老婆。这在北大荒，无风起浪，是常有的事。

　　但是，这样一件事情发生过后，我不得不信，这件事是真的。

　　那一年冬天的夜里，大老李把他老婆浑身衣服扒光，一通狠打，然后五花大绑，把她扔到院子里。数九寒天的严冬呀，北大荒夜里的朔风凛冽，有零下二三十摄氏度，不是一般的冷，而是如同熊瞎子的手掌拍过来一样的厉害呀！大老李一身腱子肉，壮得跟牛犊子似的，他老婆怎么禁得住这样一通暴打？如果他老婆和队长的事不是真的，而且已经让大老李手拿把掐地坐实，平素里那样温和笑眉笑眼的大老李，怎么可能气昏了头，出此狠手？兔子急了还咬人呢，人们发出感叹之后，也就都原谅了大老李的粗暴，而把屎盆子理所当然都扣在了他老婆的头上。

我同情大老李，但凡是个男人，谁也不愿意自己的脑袋上顶一个绿帽子。但是，我也同时埋怨大老李，你真有能耐，有火气，冲新来的队长发去呀？干吗就会冲自己的老婆发？老太太吃柿子，专找软的捏？

以我当时年轻的认知，我是不大理解大老李，更不大理解他老婆。我一直到现在都不理解，大老李的老婆这么一个俊俏的小娘儿们，为什么放着河水不洗船，守着很多女人羡慕的大老李，非要找一个矮冬瓜？莫非就因为他是一个队长，像如今有的女人愿意傍个大官？但队长又算个什么狗屁官呢？

这样大半夜里把老婆像剔光了鱼鳞的鱼一样，光溜溜地扔进院子里的事情，虽然，只是发生了有数的几次，但是，很快就传遍了全队。这几次都是邻居听见他老婆惨淡而柔弱的呼叫，以为是狼崽子叫，闯进自家的鸡窝呢，跑出屋，发现是她，赶紧跑进大老李的院子，抱着冻僵的她进屋，一个劲儿地埋怨大老李：这样做要冻死人的，可不敢再这样了！大老李不说话，站在一旁，还在运气，肚子一起一伏，像拉风箱。两个孩子都被惊醒，挤在炕头，钻进被窝，不敢看，不敢吱声。

　　几乎我们队上所有的人都觉得，大老李和他老婆的日子快到头了。大老李也觉得日子该到头了。好几次，借着酒劲儿，他这样说过，时刻准备离婚，就是个时间早晚的问题了。更有好多次，他开着开着康拜因，突然莫明其妙地熄了火。他像霜打的草，蔫了下来，曾经那么干净利落的一身衣服和同样干净利落的康拜因，都无心打理，变得脏兮兮的了。一家子的日子，过得常常是清锅冷灶，少了生气。屋顶上的炊烟，也变得稀薄，没有以前的袅袅娜娜，带着灶火的香味。

　　我也觉得这一家子快要散伙了。谁想到，任凭大老李怎么骂，怎么甩脸子，他老婆从来不提离婚的事，更不提挨打剥光丢在院子的事，照样每天早早起来做熟了早饭，照样伺候两个孩子和大老李。当然，她也不提和队长的事，好像一切都没有发生过，无论像是一个香梦，还是像一个臭屁，都已经消失得无影无踪。

那时候，我确实是太年轻，我实在弄不懂这个女人葫芦里卖的什么药。是大老李这一通超乎寻常的暴打，打得她痛改前非，还是打是疼骂是爱，越打越是和大老李难舍难分？或者，和队长不过只是露水之情，水过地皮湿，早就干了，没有了一点儿的痕迹？

只有大老李没有像她这样的超脱，大老李一直处在这件事的阴影里，怎么走都难以走出来。我和大老李的老婆不熟，和大老李关系可以，趁着喝酒的机会，曾经将我的疑问问过他。他不好意思和我探讨这样的问题，只是说：谁知道呢！老娘儿们的心，你永远猜不透！

大老李继续开他的康拜因。大老李的老婆继续每天伺候他和孩子。

庸常百姓，寻常人家，居家过日子，都是这样过过来的，即便有时会平地起雷，闹得天翻地覆，但是，再怎么样的惊心动魄，过了那一段最紧张的时刻和冷战阶段，渐渐地也就恢复了平静，就像暴风雨中吹折了树木，吹翻了房屋，风雨过后，总会平静下来，即便是短暂的平静，也是平静，再闹，也得等着下一场暴风雨的到来。打打闹闹一辈子的一家子，有的是。

不过，镉过的饭盆，毕竟不像以前那样光鲜照人了。大老李的老婆又恢复以前的样子，低眉顺眼，小心谨慎，伺候一家子头头是道。大老李却像是吹落的树叶子，回不到以前的枝头上了，没事的时候还好，酒喝多了，就控制不住自己，特别是喝醉了以后，完全变成另外一个让你根本不认识的人，不管不顾，扒光老婆，痛打一顿，然后扔到院子的事情，又发生过几次。过去的事情，结不成一块疤，却长起了一个瘤，而且，在大老李的心头越长越大。

大老李的脾气，变得越来越坏了。

那时，我不知道该如何劝他，但常常想，既然这样，还不如离婚算了，一了百了，这不是慢刀子割肉吗，多难受。但是，离婚这个词儿，大老李从来不提，他老婆也不提。

那时，我确实年轻，世事未谙，弄不懂人间好多的事情，简直就像瞎老婆织的破渔网，这个网眼和那个网眼，交错在一起，无法数清，也无法说清。

我离开北大荒十多年之后，忽然传来了消息，说是大老李的身体不行了，有一天收工，从康拜因走下来，没走几步，突

然一个跟头栽倒。开始，没有当回事，以为是干活儿累了。谁
想，没过多久，竟然瘫在床上，再也起不来了。我真是难以
相信，那时候，他的年纪还不到五十岁呀，平常身体那么强
壮，把庞然大物的康拜因调教得跟一个儿童玩具、把他的老婆
像扔枕头一样轻而易举就扔到院子的一个人，怎么说倒就倒下
了呢？

听说，每天吃喝拉撒睡，都是他老婆一个人忙乎。他的两
个儿子都大了，却都不在身边。如果去医院看病，也是他老
婆把他从屋子里背到院子外面，一直把他背到车上。很难想
象，一个已经那么瘦弱的女人，怎么背得动大老李那样一个大
块头儿！

就这样，老婆伺候了他三年多。都说久病床前无孝子，老
婆却日复一日地伺候了他三年多。

我知道，再怎么样精心地伺候，也难以把丈夫伺候回年轻
时候的模样了。但是，老婆依然精心地伺候。或许，这就是
老婆。

大老李的生活已经无法自理，连洗脸、洗脚、洗澡，都要
老婆帮忙。我曾经这样庸俗甚至不怀好意地猜想过，洗澡的时

候，当他的老婆脱光了他的衣服，是否曾经想过当年被他扒光了衣服扔到冰天雪地的院子里的情景？她就从来没有想过报复他一下，或者也羞辱他一下吗？

我不知道。或许，那只是我的以小人之心度君子之腹吧。她根本从来没有想过要这样做。人这一辈子，谁都有马失前蹄的时候，谁都有软弱无助的时候。这种时候，大老李已经最弱不禁风，需要的是帮助，而不是报复。

但是，我相信，他老婆是不会忘记以前的事情的。那不仅是她最无助的时候，还是她最羞辱的时候。

我也不知道那个队长后来怎么样了。只知道，他早就从我们二队调走，至今还是光棍一条，住在跑腿的窝棚里。而她呢，从来没对任何人提起过一句他。关于那个队长和她的事，不仅是我，我们二队所有的人，包括大老李在内，都不清楚当初她是怎么想的，后来又是怎么想的。

做老婆，她是一碗清水，看得到底；做女人，却像大老李曾经说过的，是一个永远猜不透的谜。

多年以后，我重返北大荒，重返二队，特意到大老李家去看看。大老李和他的老婆早已过世，他们的孩子离开农场到外地工作。大老李的那两间用拉合辫盖的泥草房还在，只是破败不堪，成了废墟，四周长满荒草。

在北大荒，尤其是在大兴岛，我见到最多的是荒草。荒草萋萋，触目皆是，铺天盖地，翻涌到天边，再被风吹回来，卷到我的脚下，簇拥在我的身旁，然后又被风吹走，吹远。往返回复，生生不息。

其实，荒草只是笼统的叫法，每一种荒草都有自己的名字。只是，我不知道，也从不曾关心，认真地请教过它们的名字到底叫什么。荒原上的那些野花，底窑老林子里的那些树木，也远比荒原上的草的名字，我知道得更多一些。

在北大荒，最有名的草，一种是乌拉草，一种是萱草。这两种草，我是都见过的，并能够叫出它们的名字。号称北大荒三件宝，人参貂皮乌拉草。传说冬天将它们絮在鞋子里，可以保暖。有一年，我的胶皮底的棉鞋鞋底有些漏，雪水渗进去，很冷，絮上乌拉草，别说，还真管用，帮我抵挡了一冬的严寒。

春末初夏的时候，成片成片的萱草开着黄色的喇叭花，花瓣硕大，明艳照人，当时，我们都叫它们黄花菜，在它们还没有绽开花瓣的时候，赶紧摘下来，晾干，就是我们吃打卤面时放的黄花菜，成为了北大荒的特产。那时候，我是把它们当作花的，从来没有认为是草。但它们确实是草。

还有一种草叫羊草。当时，老乡常对我说去打羊草，羊草是用来喂牲口的，应该是那种叫作苜蓿草的。野生的苜蓿草，在北大荒很多，我是见过羊草的，那种被苏联作家巴乌斯托夫斯基称作是"穿着打了补丁的灰衣服的穷姑娘"的苜蓿草。

但是，我见过最多的不是乌拉草，不是萱草，也不是苜蓿草，而是叫不上名字的荒草，很长，很粗，韧性很强，不容易扯断。当地的老乡和我们知青的住房，都是用这种草和上泥，拧成拉合辫，盖起来的，再在墙的里外抹上一层泥，房顶上苫上一层草。别看是草房，冬天却很保暖。我见过最多的是这种草，我打过这种草，并用这种草和上泥做成拉合辫盖过草房。但是，这种草，我真的叫不出它们的名字，它们每一年都在荒原上生长着，黄了又绿，绿了又黄，自生自灭，自灭自生。即使最寒冷的冬天，它们枯黄单薄，被风肆虐吹得东倒西歪，也是存在于荒原之上的。它们任人们践踏，任人们芟割，又廉价地甚至毫无索求地为我们服务。

我见过这些荒草，是荒原上最多的草，尽管我叫不出它们的名字。没有了这些荒草的存在，就没有荒原，也就没有了北大荒的存在。我始终认为，北大荒的一个"荒"字，是由这些无边无际的荒草汇聚而成的，就像运动会上的团体操，不起眼的那一点点，组合成了一个硕大无比的"荒"字。北大荒，才像是一个巨大的花环，呈现在了我们的面前。

想起荒原上那些铺天盖地的荒草，我会想起大老李和他的老婆。他们和荒原同在，支撑起了荒原弱小却也浑厚的生命的骨架，他们构成了我青春岁月流逝不去的背景，他们汇聚成我回忆中最动人、最难忘也最脆弱、最让我想落泪的泪点。

2023 年 1 月 20 日大寒改毕于北京

花园大院

北京胡同的名字很有意思，有的土得掉渣儿，比如狗尾巴胡同、粪场大院；有的很雅，像百花深处、什锦花园、芳草地，杏花天。花园大院，就是这样一条有着好听名字的老胡同。

花园大院，在石碑胡同旁边，东临天安门，背靠前门大街，离我家不远，过前门楼子，穿过天安门广场，走着就可以到。第一次到那里去，是母亲去世之后那一年的春节。那时，我快六岁了。去那里，是因为那里有崔大叔崔大婶家。崔大叔和我父亲是税务局的同事，崔大婶和我生母是河南信阳的老乡，两人从小一起长大，两家自然很熟。

那一年春节去崔家，一路上，父亲嘱咐我和弟弟进了崔家的门要先鞠躬拜年，一遍又一遍地教我说什么、怎么说。那时候，我内向得很，也自卑得很，非常害怕当着外人的面说话。一路走，一路背着父亲教给我要说的话，一路担心说不好，或者说错了话。

那是一条闹中取静的胡同，胡同尽头，大门朝东，就是他们家。门前有棵老槐树，春节去拜年时，老槐树疏枝横斜。进了大门，是一个开阔的院子，房子围成半圆形，和我们大院的格局完全不一样。房前有高高的台阶，还有宽宽的廊檐，形成弧形走廊。走进屋子，木地板，水泥磨花吊顶，典型的西式样子，更是和我家住的房子不同。这样的陌生感，加剧了我的紧张，见了崔大叔和崔大婶，尽管父亲一再催促着我叫人，我却更不敢张口了。

崔大婶嗔怪地对父亲说道：孩子脸皮薄，不叫就不叫吧，别逼孩子啦！

崔大叔在一旁听了呵呵笑着也劝父亲。

父亲却死拧，不管崔大婶和崔大叔怎么说，非逼我叫一声"崔大叔崔大婶"不可。没有办法，我只好低着头，羞羞答答地叫了一声"崔大婶……"

还没有叫崔大叔呢！父亲生气地说我。崔大婶一把把我拉过去，搂在她的怀里，说：行啦！快别难为孩子了，都快坐下吧！

那是崔大婶和崔大叔给我的第一印象。

后来，常去崔大叔和崔大婶家，如果是夏天，门前那棵老槐树下，一地槐花如雪。在北京，我家没有一个亲戚，我愿意去他们家，特别是崔大婶待我很亲，总会让我涌出一种家的感觉，她那带有信阳口音的话语，常让我想我母亲说话的时候是不是也是这样子呀！

每一次去，崔大婶总会留下我，给我做好吃的。有时候，她拉着我手，爱抚地对我说：你娘要是活着该多好啊！看你都长得这么大，这么懂事了！说着，她会忍不住掉下眼泪。

1970 年的冬天。我到北大荒两年多之后第一次回北京探亲，自然要先去崔大叔崔大婶家。从我进门到落座，崔大婶的目光一直落在我的腿上。我穿的棉裤厚厚的，笨重得很，棉花擀毡都臃在一起，让她笑话了吧？崔大婶没说什么。临离开北京要回北大荒之前，我去崔大婶家告别，她拿出一条早已经做好的棉裤，让我换上。仿佛要和我穿的这条笨拙的棉裤故意做对比似的，那条棉裤又薄又轻。我对崔大婶说：北大荒冷，我穿不上这个！崔大婶笑着对我说：傻孩子，这是丝绵裤，比你身上穿的暖和多了！快换上，北大荒天寒地冻的，别冻坏了，闹成了寒腿，可是一辈子的事。

这是崔大婶特意为我做的一条丝绵裤，这是我这一辈子穿的第一条也是唯一一条丝绵裤。那丝绵裤做得特别好，由于里面絮的是丝绵，又暄腾，又轻巧，针脚分外细密。我换上这条丝绵裤，感动得很，一再感谢她，夸她的手艺好。她叹口气说：你亲娘要是还活着，她比我做活儿好，还要细呢！她说这番话的时候，让我从她的眼睛里能够看到对往昔的一种回忆，也让我看到只有作为母亲才有的一种慈爱之情。

如今，花园大院已经没有了。建国家大剧院，花园大院拆迁，崔大婶一家分到了玉蜓桥边高层楼房里的一套单元房。

很多地方，很多亲人，很多时光，都不在了。那条丝绵裤，还埋在我家的箱底。偶然翻箱子时看见它，心里会很感伤。几年前的冬天，在美国布卢明顿孩子家，读到一本《徐渭集》，看到里面的一首诗："黄金小纽茜衫温，袖摺犹存举案痕。开匣不知双泪下，满庭积雪一灯昏。"诗中的衣衫，是徐渭亡妻的。但不知为什么，一下子让我想起崔大婶给我做的那条丝绵裤。我抄下这首诗，竟也泪眼模糊。那一晚，布卢明顿不仅也是积雪满庭，而且，雪一直在下，纷纷下了一夜。

2022 年 12 月 7 日于北京

时间说话

多年前，读福柯《词与物》，在"物的书写"一节里，他写过这样一段话："知识在于语言与语言的关系；在于恢复词与物的巨大的统一的平面；在于让一切东西说话。"

我把这段话抄录了下来。之所以抄录，是因为那时我感到时间过得实在太快，匆匆人生，转眼就到了春晚秋深时节，非常明显觉得时间也是一种物质，是看得见、摸得着的。否则，人就不会有回忆。回忆，是人和动物的重要区别之一。

不管我是否真正读懂福柯的这段话，或者只是浅薄地为我所用，我是觉得，福柯说知识和其所造就的语言，在于让一切东西说话。这一切东西，应该是包括时间在内的。

二

想起五十四年前的夏天，我离开北京到北大荒，火车是上午 10 点 38 分开。北京火车站，离我家不远，但我八点不到就离开家，那样的迫切，吃凉不管酸，奔赴远方。刚出家门，紧靠我家的邻居张大爷走出来，递给我一小包东西，一块用海尚蓝布包着的黄土。张大爷对我说：去那么远，刚到会水土不服，喝水的时候，你捏点儿黄土泡进水里。尽管当时我觉得张大爷有些迷信，但还是很感动，所谓千金买宅，万金择邻，一点儿不假。

那一天分别时，我收到好多礼物，其中最多的是毛主席语录和笔记本，一个同学还特意买来一个大西瓜，让我路上吃。不过，都没有这一包黄土记忆深刻。在火车上，我没敢拿出来让大家看，怕嘲笑。到了北大荒的第一天，喝水的时候，我还真的偷偷地捏了一点儿黄土放进水杯里。黄土碎末漂漂悠悠的，云彩一样，晃荡在水中，很快就沉淀下去了。我没有喝出什么味儿来。

五十四年过去了。想离开北京的那一天，到达北大荒的那一天，如果没有这一小包黄土，还会这样记忆深刻吗？时间，是看得见的，是能够说话的，是张大爷在说话，是那一小包黄土——物在说话。

三

1982 年夏天，大学毕业，毕业典礼后的第二天，我迫不及待地重回阔别八年的北大荒。北大荒有两座岛非常有名，一座是雁窝岛，一座是大兴岛。大兴岛，被七星河和挠力河包围，一片亘古荒原。我在大兴岛二队生活劳作六年。

因为我是第一个重返大兴岛的知青，二队的老乡特意杀了两头猪热情款待我，在两户农家，炕上炕下，屋里屋外，摆满好几桌。酒酣耳热之间，他们纷纷关心地问我这个知青那个知青回北京的情况。我忽然想，知青朋友们也都关心老乡的情况呀，便问：哪家里有录音机？想让这些老乡对着录音机每人说一段话，录下音来，带回北京，放给朋友们听。

录音机拿来了，是一台笨重的台式录音机。那时候，录音机还是新鲜玩意儿，老乡对着它，很好奇，挤在一起，探头探脑，各说了一段话，说什么的都有，关切的，热情的，询问的，玩笑的，啰唆的，甚至亲切骂人的……大家笑成一团。录了一遍，有人非要再来第二遍。一直录到繁星满天，田野里飘来麦熟时节的麦香，远处吹来七星河和挠力河湿润的清风。

我把这一盒满满六十分钟的录音磁带带回北京，立刻招呼知青朋友来我家听。大家下班后骑着自行车赶到我家，蒜瓣一样，脑袋挤在一起，凑在录音机前倾听。听完之后，也是繁星满天，望着他们的身影消失在夜色里，心里无比感动。

整整四十年过去了，朋友们聚会的时候，偶尔还会说起那盒磁带，说起那个夏夜。很多老乡去世了，但他们的声音还在那盒磁带里。

如果没有那盒磁带，四十年前北大荒的那个夏夜，还有北京的那个夏夜，还会一遍遍如此清晰地浮现眼前吗？不仅浮现眼前，而且还会说话，一句句，那么亲切，那么让人感动吗？毕竟有了磁带这个物的存在，时间才会那样被看见。

磁带里的录音，保存了四十年，在说话，是四十年前那个夏夜的话音。

四

1992 年的夏天，在巴黎现代美术馆，我看到一幅名为《持扇的女人》的油画，觉得很新鲜。女人黄色的衣衫，与猩红色的背景，对比得格外醒目。女人超乎寻常的细长脖颈，侧歪着头，有眼无珠，整个表情，分外凄清迷茫，是和见惯的浪漫派绝不相同的画风。那时，见识浅陋的我不知道意大利画家莫迪利亚尼，这是我第一次看到他的作品。我低下头看画旁边的画签，想看看作者的名字，没有拼出那一串字母的姓名：Amedeo Modigliani，便想抄下来，回家后查名人大辞典。可是，翻遍了书包，没有找到一支笔。

这时候，一对白发苍苍的夫妇走了过去，大概也想观赏这幅油画。看到我忙乱又有些扫兴的样子，老太太从她时髦精致的挎包里，掏出一支笔，递给我。我抄录好那一串字母，道谢之后，把笔递还给老太太，老太太微微一笑，冲我挥挥手，说了句我听不懂的法语，但我明白，她是好意把笔送给我。

一支很普通的圆珠笔。但是，有了这支圆珠笔，1992 年那个夏天的午后，便一下子如花盛开。尽管我听不懂法语，只要一想起那个夏天的午后，萍水相逢老太太亲切的话语，便会音乐般响在我的耳畔。

五

2004 年的七月，我再次回到北大荒。在同江县城附近的松花江畔，一个赫哲族的小镇吃晚饭。这家餐馆很特别，卖的菜品全部是鱼，墙上挂着的是鱼皮制作的艺术品，连餐桌上的台布和餐巾纸，印着的也都是鱼的图案，蓝色木刻，古色古香，仿佛从远古游来。

我想要几张餐巾纸，带回北京，留个纪念，便走到柜台前，忽然看见柜台的木架两旁挂着一对木鱼，很小，不到巴掌大，鱼肚子下面垂着红丝绳，雕刻得非常有趣，鱼鳍鱼尾都有些夸张，显得很张扬，神气活现。鱼鳞都是利用木头本身的木纹，自然呈现，没有任何雕刻，只是涂上了一层棕色的桐油。鱼嘴和鱼眼睛，雕刻得最引人注目，鱼嘴使劲儿张开，好像要说话；鱼眼睛格外凸出，我以为是后粘上去的，用手摸了摸，居然就是在木头上雕刻出来的。

我很喜欢这一对小木鱼，问服务员卖不卖，服务员摇摇头，幽默地说不卖，我们这里只卖活鱼。我磨着她，希望能卖给我。她笑着对我说：这是我们老板自己刻的鱼，不能卖的……看我们两人比画着在争执，老板以为出了什么事情，走了过来，清楚了是怎么回事情，竟然很痛快地把小木鱼卖给我。

如今，那几张餐巾纸，还压在我家餐桌的玻璃板下面；那一对小木鱼，挂在卫生间洗脸镜的两侧。小木鱼一直突兀着大眼睛，张着大嘴巴。时间，一下子看得见，听得见。说话的是那个服务员和老板，还有那小木鱼。

六

大约二十年前，为写《蓝调城南》一书，我多次回我住过二十多年的老院。老院叫粤东会馆，紧靠前门楼子东侧的西打磨厂老街上。如今，这里已经整修一新，成为了外地人的旅游打卡地。

粤东会馆是前清时留下的一座三进三出的老院，历尽百年沧桑。以前，二道门后，有大影壁和建馆时立的高石碑，院子里有三株老枣树。故地重游，这些都没有了，空荡荡的，好像以前有过的一切都不曾存在一样。2005 年，或者 2006 年，老院面临拆迁，我再次回去看看，忽然，在东跨院老街坊的厨房墙角下面，发现一块汉白玉的石头，一问，才知道原来是被砸碎的石碑一角，盖小厨房时，当了房基石。心里暗想，只要是时间流淌过去，雪泥鸿爪，总会留下，不可能一点儿痕迹不留的。

最有意思的是，进老院大门，是一道足有七八米长的宽敞过廊。过廊一侧有两间房，是以前的门房。过廊另一侧，是一面白墙。"文化大革命"中，人们用水泥抹在墙的左下方一角，又用黑漆涂了一遍又一遍，自制成一块小黑板，用粉笔在上面写上毛主席语录。那一天，回去看见过廊的杂物已经搬空，墙体露出，忽然看见那块小黑板还在墙上，上面抄录的毛主席语录居然也在，字迹还很清晰。那是几十年前我写上去的字迹。

时间，依托着老石碑的一角，小黑板上的字迹，立刻清晰可见。字能解语，石亦可言。

七

2015 年春末，姐姐八十大寿，我去呼和浩特看姐姐。在客厅的墙上，忽然看见一幅四扇屏，以前来姐姐家多次，没有见过。是丝绣的四季风物：春绣的是凤凰戏牡丹，夏绣的是映日荷花，秋绣的是菊花烹酒，冬绣的是传统的喜鹊登梅。

姐姐指着四扇屏，告诉我：还是娘做姑娘的时候绣的呢。

娘是我的生母，姐姐一直这样称呼她。我五岁那年，娘去世，我对她一点儿印象都没有。那一天，突然见到这四扇屏，心里有些激动，禁不住贴近墙面，想仔细看。如果娘活着，这一年整一百岁。丝线比颜料还能保鲜，绣出的花鸟，依旧那样鲜艳如昨，好像看见了娘年轻时的模样。

不知怎么，忽然有种感觉，不知是这面墙热，还是四扇屏有了热度，一下子觉得有了一种温暖的感觉，好像就贴在娘的身边，悄悄地对我说着什么。

那一刻，逝去的时间，我以为永远看不见的时间，因为有了四扇屏这个具体物的存在，而变得如水回溯眼前，并且能够亲切地对我说话。或许，那只是我自己心里渴望已久的话，是时间的回音。

八

没错，时间本身就是一种物质，或者说，时间是依托物存在的，是可以看得见、摸得着的。所以，时间从来不是虚无缥缈的，时间也从来不是一去不返的。只要有特定的物密切关联的存在，时间便在，便能够重现，就像歌里唱的那样：yesterday once more（昨日重现）。

福柯在论述词与物的关系时，所说的知识和其所造就的语言，在于让包括时间在内的一切东西说话，说明时间存在的灵性与神性。时间与物如此关系密切，更在于我们人类自身的感情，是和时间共生、共存、共融的。福柯说是知识和知识所造就的语言，除此之外，必须还要有我们的感情在内，方才能够让时间说话。时间说话，是我们的感情在说话。时间说话，提示并提醒我们，不要轻易遗忘曾经过去的时间，过去的时间里，不管有我们的美好也好，痛苦也好，或者惭愧与悔恨也好，都不要遗忘。

时间，是能够看见的，是能够说话的。

2022 年 3 月 9 日改毕于北京

老太太

有一阵子，我常在北京的胡同里转悠，遇到的多是老太太，不是老头儿。大概由于老太太一般比老头儿长寿。她们很多从小就生活在胡同里，故土难离，不愿意搬家，到五环以外那么远的地方去。

不知为什么，那些老太太，让我感到亲切，不由自主地想起我的母亲，母亲在世的最后时光，和这些老太太差不多年纪，一样的沧桑却平和亲近。特别奇怪，我和她们聊得来，虽素昧平生，却没有距离。

那一年，寻访杨公祠（现名杨椒山祠）。在北京，这里很出名，不仅是明朝忠臣杨继盛的故居，还是戊戌变法前夜"公车上书"之地。那时的杨公祠，沦落为大杂院，山门紧锁，改为旁边一座窄门进入。我挨门询问着街坊们，希望他们能够告诉我这里的历史变迁。他们众口一词，让我找前院住的老太太。那里是景贤堂的后堂，廊檐宽敞，圆柱朱红，斑驳沧桑。敲开门，一位个子不高、慈眉善目的老太太在做肉皮冻，她放下了手中的活，热情接待了我。她告诉我，她今年七十五岁，十岁搬进来，那时候，景贤堂还供奉着杨椒山彩色泥塑像，她住的这屋子原来供奉祖宗和杨夫人的牌位，有匾挂在上面，写的是"正气锄奸"。

说起杨继盛，老太太很有感情，对我说，原来的院子可大了，你应该到西院看看，那个亭子还在呢。只是现在都住上人家，乱得看不出原来的样子了。我知道，老太太说的那个亭子就是"谏草亭"，杨椒山给皇上的奏疏被刻成数十块石刻，就嵌刻在"谏草亭"中。你去看看，石刻还能看见一些！老太太送我出门，还这样对我说。

我常想起这位老太太，对四百多年前的一位古人，居然还有着这样深厚的感情，只因为这位古人是敢于上书皇帝进谏的忠臣。

在中山会馆，我碰见的也是一位老太太。中山会馆在北京也很有名，相传最早是严嵩的花园别墅，清末被留美归来的唐绍仪（袁世凯当"临时大总统"时当过"国务总理"）买下，改建为带点儿洋味的会馆。1912 年，孙中山当上大总统后来北京，就住在这里，中山会馆的名字由此得来。

老太太，七十七岁，鹤发童颜，广东中山县人，和孙中山是老乡，祖辈三代住在这里。这是一座独立的小跨院，院门前有回廊和外面相连。我是贸然闯入，老太太却和我一见如故，搬来个小马扎，让我坐在她家宽敞的廊檐下，向我细数中山会馆历史。说到兴头，她站起身来，回到屋子里拿出一本厚厚的老相册翻给我看。小院里只有我们两人，安静异常，能听到风吹树叶的飒飒声。

翻到一页，相册的黑色纸页上，用银色相角贴着一张黑白照片，照片上是一个英俊的年轻人，坐在镂空而起伏有致的假山石旁。她告诉我：这是我的先生，已经去世二十多年了。我问她在哪座公园里照的，她说：不是公园，就在中山会馆。说着，她走下廊檐的台阶，带我向跨院外面走去。我上前要扶她，她摆摆手，腿脚很硬朗，来到前面杂乱不堪的院子，向我指认当年的小桥流水、花木亭台以及她先生照相的地方。一切仿佛逝去得并不遥远。

　　和她告别，她送我出院门，那一刻，仿佛我是她的一位阔别多年的朋友。我忽然看见沿着院门南墙下种着一溜儿玉簪，正盛开着洁白如玉长长的花朵，像是为小院镶嵌上一道银色的花边。我指着花对她说：真是漂亮！她对我说：还是那年我和我先生一起种的呢，一直开着！

　　重访湖北会馆，为看那棵老杜梨树。四周的房子拆除大半，一片瓦砾，老树还在，清癯的枯枝，孤零零地在风中摇曳。从杜梨树前的一间小屋里，走出来一位老太太，正是种这棵杜梨树的主人。她告诉我已经八十七岁，不到十岁搬进这院子的时候，她种下了这棵杜梨树。也就是说，这棵杜梨树有将近八十年的历史了。

　　那天，我指着拆了大半的院子对老太太说：您就不盼着拆迁住进楼房里去？起码楼里有空调，大夏天的住在这大杂院里，多热呀！她瞥瞥我，对我说：我也不知道你是干什么的，干吗到我们院子来？我就问你，你住没住过四合院？然后，她指指那棵杜梨树，又说，哪个四合院里没有树？一棵树有多少树叶？有多少树叶就有多少把扇子。只要有风，每一片树叶都把风给你扇过来了。

日子过去了好多年，如今，杨公祠正在翻修改建；中山会馆重建一新；湖北会馆和那棵老杜梨树，已经没有了。不知道这几位老太太是否还健在，如果在，都是近百岁甚至是超百岁的老人了。

2022 年 3 月 7 日于北京

虎坊桥记

　　虎坊桥是南城老街，明朝就有。虎坊的"坊"，是"房"字的演绎。在虎坊桥附近，原来还有喂鹰胡同和象来街，明朝那时，这一带，养虎、养鹰、养象，是皇家的饲养园，很有些威武呢。如今残破却依然还在的铁门胡同，就在虎坊桥西边一点儿，是当年这一片饲养园的大门。

　　如今的虎坊桥，是东西南北皆可通行的十字大道，只是见不到桥了。但是，地名中既有"桥"字，说明这里以前曾经有水。确实明清两代有河从北向南流来，是从皇城里来的水，通过护城河，流到宣武门的响闸处，再向东到东琉璃厂和西琉璃厂之间而折南，一直流过虎坊桥，再到天桥，流到先农坛附近的苇塘中。当时，这一带有好几座桥，东西琉璃厂之间有桥，虎坊桥南还有臧家桥。据说，2000 年修两广大街，在虎坊桥这里挖出过一座石桥的。虎坊桥并非名实不副，北京的老地名，都是这样含有历史与地理的元素，每一个地名，都如虎坊桥一样，娓娓道来，可以是一本书。只是到了清晚期，这些水流都变成了暗沟，桥才渐渐退出历史，只成为了遥远的记忆。

知道河水流淌城西南这段悠久的历史，便会明白为什么至今会有陶然亭那一片开阔湖水了。水流，当初就是从虎坊桥往南流过来，在这样一片开洼地里，漫延成积水的荒水野湖。清末民初的文人愿意到这里聚集，吟诗作画，让这里的萧瑟逐渐而成了一处游览之地。新中国成立伊始，陶然亭湖畔依旧是芦苇丛生。那时候，出城到虎坊桥再往南走，就已经是有些荒凉的郊外了。虎坊桥，曾经是往南的城乡交界的一处明显地标。

这里所说的虎坊桥，只在如今两广大街位置上。看民国时期的北平地图，和平门打通之后，新华街南修到如今虎坊桥的十字路口，当时东西的马路在骡马市大街位置上。再往南，并没有什么路，是一片荒地，只有一些零散的浅屋子破房。也就是说，虎坊桥，当时位置是在丁字路口上。打通往南的道路，是北平和平解放后的事情了。如今，说起虎坊桥，已经南扩至南北纬路之间了。路两旁，新建起很多建筑，路西最醒目的是北京市工人俱乐部，路东则是前门饭店和光明日报社了。城市化建设飞速，虎坊桥是时代的见证。

二十世纪七十年代中期到八十年代初，我家住洋桥，23 路和 343 路终点站，在虎坊桥南端，北纬路之西。出门或回家，这两趟公交车是必须坐的，便常来虎坊桥，对这里很熟。这里是个丁字路口，往西是窄小的胡同，往东是比较宽敞的马路，可通北纬路和永安路，前面有新中国成立后建的虎坊路百货商店，再往东有友谊医院，原来城南游艺场之地。这条往东的马路，新中国成立之后新修，在一定程度上方便了虎坊桥的交通。只是往南走几十米，再往东拐了一个胳膊肘弯，才会出现往南通向二环的路口。这里路比较窄，常会堵车。路口西南把角，是新建成不久的中央芭蕾舞剧院，再往南便是陶然亭公园。虎坊桥，已经成为南城的交通要道。

二十世纪八十年代初，我在中央戏剧学院戏文系读书，曾经和导演系的同学张辛欣一起，来到中央芭蕾舞剧院，剧院的宿舍也在这里。我们在宿舍里采访刚刚复出的演员陈爱莲。那时，她和与她共同度过艰辛岁月的工人丈夫，接待了我们。正是严冬过去，春暖花开时节，他们两口子谈得那样真诚感人，让窄小的房间里如同灌满了春水，令我记忆犹深，并感慨芭蕾舞剧院的建成，一批如陈爱莲一样的艺术家居住于此，让虎坊桥这一南城昔日贫寒荒僻之地，居然也得领艺术风气之先。

七十年代末那几年，刚刚粉碎"四人帮"，百废待兴，这里很是兴旺，人气鼎盛。每天黄昏，总会有很多小摊，热气腾腾的，摆在公交车站旁边，等候下班人们的光顾，这里几乎成了小小的集市。记得那时卖得最火的，是个羊头肉的小摊，兼卖刚出锅的卤牛肉，每天黄昏时分，都是热气腾腾。传统的小吃刚刚恢复，旧时的味道和旧时的记忆，重新回归人们的味蕾和脑海。如今，这里依然是南城美味聚集之地，只不过，涌现出路西京天红的炸糕、路东阡儿胡同里烤肉刘的烤肉，一批新店后来者居上了。

对于我，更熟悉、更感兴趣的，是那里的光明日报社和前门饭店。那时的前门饭店里，开始悄悄地演旧京戏里的折子戏了，曾经被批判的才子佳人的老戏，像经霜不死的老树回黄转绿。光明日报社门前，有一排长长的玻璃窗，里面贴着每天出版的各种报纸。那时，我在一所中学里教书，每天下班后，要到这里倒车，坐343路回家，进不去前门饭店听戏，我总要贴在玻璃窗前，把各种报纸浏览一遍。报社路东，报栏朝北，黄昏时分，夕阳的光芒正好从西边射过来，辉映在报栏的玻璃窗上，跳跃着金子般的光斑，是一天最美好的时光。无疑，芭蕾舞剧院和光明日报社的相继建立，再加上市工人俱乐部曾经的辉煌，是虎坊桥文化艺术气息浓郁的高光时刻。

《诗刊》编辑部，当时也在虎坊桥，离光明日报社很近，更增添了虎坊桥的文化气息。编辑部的门旁，也有一块大玻璃窗，每一期新发表的诗，他们都选出一些，用毛笔手抄在纸上，贴在玻璃窗里，供过往的行人观看。毛笔字写得很大，也很好看，墨汁淋淋，像新出锅的包子，还蒸腾着热气似的，很是吸引人，让人们既看到诗歌，又看到书法。这种为读者服务、与读者沟通的别致法子，我以后再未见过。

1978 年初，我曾经给《诗刊》投过一次稿，是两首儿童诗。虎坊桥公交车站前的便道上，有一个信筒，老式的，绿色的，圆圆的，半人高，很亲切地蹲在那里。以前，曾经不止一次往里面投寄信件，都是贴邮票的，这一次是投寄稿件，不用贴邮票，就在信封上剪下一个三角口。有意思的是，那里离《诗刊》编辑部近在咫尺呀，等于在他们家门前呢。

　　一天，从学校下班，路过虎坊桥这里倒车回家，看过光明日报社的报栏，走到《诗刊》编辑部，看见玻璃窗前围着好多的人在看，我也挤过去看，忽然觉得那上面的诗句怎么那么像我写的呢？原来我的那两首儿童诗，居然墨汁淋漓地抄写在玻璃窗里，题目改成了《春姑娘见雪爷爷（外一首）》。题目下面就是我的名字。最后一行，写着"选自《诗刊》1978年第6期"。我的心跳都加快了，玻璃窗里那些幼稚的诗句，好像都长上了眼睛一样，把所有的目光聚光灯似的打在我的身上。

　　这是我第一次发表的诗，也是唯一一次，更是以这样大字浓墨手抄的形式，发表在街头的唯一一篇稿子。这个街头，就在虎坊桥。

　　四十四年过去了，一直到现在，始终不知道发表我的诗的编辑是谁，用毛笔墨汁淋漓抄写我的诗的，又是哪位前辈。

　　而今，虎年之春，想起虎坊桥，举头已是千山绿，不觉已过这么多年。

　　虎坊桥！

2022年2月15日元宵节北京

和平里记

1984 年到 1992 年，我在和平里住了八年。

和平里，是北平和平解放之后建设的一批新社区之一。那时，西有百万庄，东有和平里，呈对称形，楼房建筑风格，都是苏联模式，矮层，敦实，四围有高大的白杨树。在一片平房和鱼鳞瓦构成的老北京城，这样的楼群出现，有些鹤立鸡群的感觉。和平里的名字，为纪念 1952 年在北京召开的"亚太和平会议"；和平里街区的建立，是 1955 年的事情了，比起百万庄，名字更具时代特色。

我家搬到和平里的时候，和平里的中心在和平里西街，13路公交车和 104 路无轨电车的终点站在东边一点。那里有个和平鸽的雕塑，立在小小的街心花园里，成为和平里最醒目的地标。八十年代初，这个和平鸽的雕塑，是北京城最早出现的街头雕塑之一。我国以前没有街头雕塑的传统，我们的雕塑，大多在寺庙里或墓道上。如果和百万庄比，百万庄，没有这样的雕塑，和平里一下子多了几分现代化都市的气息。我一直不知道和平鸽雕塑的作者，但能塑造这样的雕塑，和能想起并有权在这里立起这样一个和街区名相吻合，也和人们对于和平普遍向往的情感相吻合的雕塑的人，都是值得尊敬的。

这个和平鸽不是写实的，而是有几分夸张，以线条构成的几何图形，勾勒出棱角分明的造型，稳定而结实，展翅却并非跃跃欲飞，而是俯视四周，多了几分拣枝而栖的安详和平和。它并不硕大，立在一个有一米四左右高的石台底座上。由于后面的楼房都只有四五层，树木也都不高，和平鸽的雕塑，很醒目，老远就能看见。如果坐 104 路无轨电车回来，它在车窗右边闪过，歪着脑袋在看着我，一下子就觉得分外亲切，一种到家的感觉油然而生。这种感觉，很像我小时候到内蒙古姐姐家之后坐火车回北京，走出前门火车站，一眼看见前门楼子那样亲切一样。一个城市，一个地方，稳固而有特点的地标建筑，对于人的情感与记忆的作用，就是这样大，这样不可或缺。

我带着孩子，几乎每年都会到那里，和它合影留念。小花园在它的前面和南面，不大，花草明丽，有几个长椅，可以供人休息。孩子很愿意到这里玩耍。和平鸽成了他童年的伙伴，伴随他从五岁到十三岁。

和平鸽正对面，小马路边上，是稻香村食品店。和平鸽的北面，过马路，是一溜儿自由市场，卖菜、卖水果、卖肉、卖鱼、卖活鸡，琳琅满目。和平鸽南边一点儿，有家不大的新华书店，我和孩子好多书都是在那里买的。新华书店边上，有一家叫和平的照相馆，我们没有在那里照过相。这一片楼群后面，有一家很大的商业大楼，一楼的一角，专卖音乐制品，我们在那里买过罗大佑、童安格、王杰和张蔷的好多磁带——那时候，还没有 CD、MP3，只流行这种盒带，它们是我和孩子音乐最初的启蒙。

我们常说，到和平鸽那里去吧！去那里，连玩带买东西，吃的喝的用的看的听的，都齐活儿了。

在和平鸽前，会看到有孩子绕着和平鸽疯跑，大呼小叫着，追打着玩打仗的游戏，孩子的童年那么真切，活色生香，在眼前浮现，又在眼前消失。

在熙熙攘攘的自由市场的街上，我看见陈宝国骑着自行车，后车座上驮着赵奎娥去买菜。那时候，赵奎娥是我们中央戏剧学院表演系的老师，他们家在附近。

在自由市场街口西边，新开了一家电器店，由于那时电视和冰箱凭票购买，它专卖日本电器，不要票，但要高价。我花了 1200 元，在那里买了一台夏普牌的冰箱，买完了却抬不回家，只好给一个在林业部工作的中学同学老朱打电话。林业部在 13 路公交车总站南边一点儿，离着不远，中午休息，他从单位借了辆小三轮车，帮我把冰箱拉回家，驮上楼。

我有一个朋友，住在和平鸽后面的一片楼房里；还有另外一个朋友，住在和平鸽前面的一片楼房里；都是苏联式样的老楼房，开间不小，客厅很小，房顶很高。我曾经到过他们两位家做客，前一位，还曾经借他的房子让我写作；后一位，我从和平里搬家到双井的时候，说为我乔迁之喜，他请我在附近的一家餐厅吃饭，然后在夜色中告别。那一片社区，尽管是老社区，那样的安静，年久失修的楼群，并没有显得老态龙钟，高大的白杨树，在低矮楼群中，像巨人一样将身影浓密地泼洒而下，阔大的树叶随风摇响，海浪般哗哗的声音洒满夜空。

那一刻，我忽然想到前几年到莫斯科，结识当地一位俄罗斯人，叫尼科莱，离开莫斯科的前夜，他邀请我到莫斯科郊外他家中话别。从他家出来，他怕我不认识路，又陪我走到地铁站去坐地铁，一直送我回到我住的俄罗斯饭店。走在莫斯科郊外寂静的街上的情景，和这时候有几分相像。不仅楼群的风格相似，周边的白杨树相似，夜空中闪烁的星光也很相似。

前些天，偶然间听到老牌歌手张蔷唱的一曲新歌，名字叫作《手扶拖拉机斯基》。唱的是颇具谐谑风的新词，曲风还是迪斯科的老旋律。记得零星的几句词："在这莫斯科郊外的夜晚，听不到那崇高的誓言……加加林的火箭还在太空，托尔斯泰的安娜卡特琳娜，卡宾斯基柴可夫斯基，卡车司机出租司机拖拉机司机……曾经的英俊少年，他的年华已不再……"

这首偶然听到的歌，不仅让我想起了在莫斯科和尼科莱分别的晚上，想起了几十年前在和平里和朋友分手的晚上，也想起了那年和孩子一起，在和平鸽后面的和平里商场买张蔷磁带的情景。

加加林的火箭还在太空，曾经的英俊少年，他的年华已不再……这歌唱的！从托尔斯泰、柴可夫斯基，一直唱到我们自己！

前不久，路过和平里，专门到和平鸽那里看看，它旁边的新华书店、照相馆和稻香村都还在那里原地不动，104 路无轨电车，还在它旁边穿梭，它旁边的街心小花园没有了，街对面的自由市场也没有了。变成了宽阔的马路。开始，我竟然没有找到熟悉的和平鸽，心里忽然一惊，生怕它飞走了。马上，找到了，像找到了四十年前的我自己，有些不大认识了。由于周围的树木长高了，和平鸽的底座尽管已经变高，树木葱茏茂密的枝叶，还是把它遮挡了。和平鸽，这个曾经在整个和平里街区那么醒目的雕塑，显得那么不起眼。日新月异的变化，飞速密实的发展，失去了稍微开阔一些的空间，失去了曾经鲜活的时代背景，莫非它也年华不再了吗？

或许，它是和我一样变得苍老了。它身旁的新路、新楼，车水马龙，人流如织，花草似锦，显得年轻，比以前热闹了。

2021 年 12 月 14 日于北京

老手表史记

上中学的时候，有一位女同学和我很要好。我们两家住在同一条老街上，几乎门对门，挨得很近。她常来家里找我，一起复习功课，一起读诗，一起聊天，一起度过青春期最美好的日子。

高二暑假过后，她来我家，忽然发现她的腕子上戴着一块手表。那个年月，手表是稀罕物，所谓"缝纫机自行车和手表"三大件之一。大人戴手表的都很少，我家生活拮据，父亲只有一块有年头的老怀表，却不是揣在怀中，而是挂在墙上，当成全家人都能看得到的挂钟。一个中学生戴块手表，更是少见，起码，在我们全班没有一个同学戴手表。

我知道，她出身干部家庭，生活富裕，这从我们住的院子就可以看出，她家在推倒一片破旧的房屋盖起的崭新院落里，大门上方水泥拉花墙面嵌有一个大大的红五星标志，新时代的色彩很明显；我住一座清朝就有的老会馆，拥挤破败得已经成为大杂院，大门更早是油漆斑驳脱落。

那是1965年的秋天。她腕子上的这块手表，在我的眼前闪闪发亮，映着透过窗子照进来的夕阳的光线，反着光亮，一闪一闪的，像跳跃着好多萤火虫，让我的心里涌起一股说不出来的感觉，仿佛读过的童话里贫儿望见公主头上戴着的闪闪发亮的皇冠。大概她发现了我在注视她的手表，对我说了句：暑假里过生日，我爸爸给我买的。说着，一把从腕子上摘下手表，揣进上衣的口袋里。这块手表，忽然让她有些不好意思。

这块手表，一直闪动着，伴随我们一起度过中学时代。高三毕业，"文化大革命"爆发了，学校停课了，大学关门了，前面的路渺茫，不知道等待我们的命运是什么。1967年的冬天，我弟弟先报名去了青海油田，是我们这一群人中第一个离开家、离开北京的。那一晚到火车站为弟弟送行，她也去了。火车半夜才开走，她家大院的大门已经关闭，回不了家，只好跟着我们院子的几个孩子，一起来到一个人的家里，我们也都是同学，从小一起长大，彼此很熟悉。他家的屋子宽敞，家长很宽容，让我们几个孩子横倚竖卧地挤在各个角落里，度过那个寒夜。

在一张餐桌前，我和她面对面地坐着，开始还聊天，没过一会儿，就都困了，脑袋像断了秧的瓜，垂到桌子上，睡着了。一觉醒来，我看见她双手抱着头，还趴在桌上睡着，随着呼吸，身子微微地起伏，腕子上的那块手表，嘀嗒嘀嗒跳动的声音特别响，在安静的房间里清脆地回荡，像是有什么人迈着节奏明快的步子从远处走来。窗外，月亮正圆，月光照进窗子，追光一样，打在手表上，让手表成为了舞台上的主角一般格外醒目。看不见她的脸，只看见她腕子上的手表，我仔细看着，看清楚了，是块上海牌的手表。

那一夜，这块手表的印象，成为了我们分别的记忆定格。半年多之后的夏天，我们两人前后脚去了北大荒，我们两家各自的颠簸与动荡，让我们都走得那样匆忙而狼狈不堪，没有来得及为彼此送别，从此南北东西，天各一方，有情寒潮，无情残照，断了音讯。

1970 年，我有了第一块手表。那时，我在北大荒务农，弟弟在青海油田当修井工，有高原和野外工作的双重补助，收入比我高好多，他说赞助你买块手表吧。那时候手表是紧俏商品，国产表要票券，外国表要高价。我本想也买块上海牌手表，却无法找到手表票，弟弟说那就多花点儿钱买块进口的表吧。可进口的手表也不那么好买，来了货后要赶去排队，去晚了，排在后面，就买不到了。我中学的一个同班同学，他分配在北京工作，每一年从北大荒回家探亲，我们都要聚聚，叙叙友情。听说我要买表，他自告奋勇说这事交给他了！我有些不好意思，因为要去赶早排队，得请假。他却对我说：你就甭跟我客气了，谁让我在北京呢！

他家在花市头条。为万无一失，保险买上这块表，天还没亮，擦着黑，他就从家里出来，骑上自行车，穿过崇文门外大街，再穿过我家院前三里多长的整条老街，赶到前门大街的亨得利钟表店排队，排在了最前面，帮我买了块英格牌的手表。那天，下了整整一夜的大雪，到了早晨，雪还在纷纷扬扬地下。我的这位同学，是特意请了半天的假，顶着纷飞的雪花，骑着自行车，帮我买到的这块英格牌手表。

那时候，他自己还没有一块手表。这让我很过意不去，他对我说：你在北大荒，四周一片都是荒原，有块手表看时间方便。我在北京，出门哪儿都看得到钟表，站在我家门前，就能看见北京火车站钟楼上的大钟，到点儿，它还能给我报时呢！

1974 年的冬天，分别了整整七年之后，我和她阔别重逢。那时候，我已经从北大荒回到北京，在一所中学里当老师；她作为第一批工农兵大学生刚刚毕业不久，留在哈尔滨工作，从哈尔滨途经北京到上海出差。她找到我家，尽管早已经是物是人非，但我一眼看见她腕子上戴着的还是那块上海牌的手表，不知为什么心里竟然一动，仿佛又看见了中学时代的她，也看见那时候的我自己。那块手表成为了我们逝去青春的物证或纪念。

我不知道她的这块上海牌手表一直戴到哪一年，我的那块英格牌手表，一直戴到 1992 年的夏天。那时候，我正从西班牙到瑞士，刚刚从苏黎世出海关，那块英格牌的手表突然停摆了。回到北京，拿到钟表店修，师傅说表太老，坏的零件无法找到，没法修了。想想，这块瑞士产的手表，居然在踏进瑞士国土的那一刹那突然寿终正寝，冥冥之中，实在有些匪夷所思。

人生如梦，转眼二十九年过去了，我的这块英格牌手表，一直压在箱子底，没有舍得丢掉。看到它，我会想起为我买这块表的那位同学，还有那天清早天色蒙蒙中飘飞的纷纷扬扬的雪花，也会想起我的那位女同学和她的那块上海牌手表。几番离合，变成迟暮，一晃，我们都老了，老手表记录着我们从学生时代到如今友情五十余年绵长的历史。

很久没有联系了，年前一个大风天的下午，没有出门，座机的铃声响了，接到的竟然是她的电话，熟悉的声音，即使隔开那么长的时间，隔着那么长的电话线，还是一听就听出来了。我很有些意外，她说她的电话簿丢了，是偶然看见了她的一个三十多年前的老电话本，上面写的电话号码，都是她父亲的一些老同事和她自己的老朋友的，便给上面的每一个电话打打试试，看看还能不能打通，大部分都不通了，还真不错，都多少年过去了，你的电话还真的通了。

我告诉她，我的电话号码一直没变。手机和座机都没有变。我一直觉得，很多老的东西，是值得保留的，保留住它们，就是保留住回忆，保留住自己。逝去的岁月，再不堪回首也好，再五味杂陈也罢，就像卡朋特老歌唱的那样，它们能让昔日重现。所谓野渡无人舟自横，舟在，人便也在了，渡口的水便也就荡漾起旧日的涟漪。

电话里，我们聊了很多，其中就有很多昔日的回忆，花开一般重现在电话筒里。我很想问问她的那块上海牌手表一直戴到哪一年。可是，在你来我往线头多得杂乱无章水流四溢的谈话中，竟然把这块手表的事给冲走了。放下电话很久，我才想起忘记问这块手表的事了。又一想，这块上海牌手表，已是老古董，她肯定早就不戴了。不过，我相信，能保留着老电话簿，保留着老朋友的友情，她一定也会和我一样保留着那块老手表的。

我想起当年曾经一起读过的济慈《希腊古瓮颂》那首有名的诗里面的诗句：

等暮年使这一切都凋落，
只有你如旧。
你竟能铺叙
一个如花的故事，比诗还瑰丽。
…………

济慈的诗是写给一只古瓮的，写给我们的老手表——上海牌手表、英格牌手表，也正合适。

2021 年元旦试笔于北京

站台回旋曲

夏天，我在北京火车站的站台上接人。我好久没有来过这个站台了。不说今年疫情以来半年多，就是再往前数，起码有小二十年没来这个站台了。

青春时期到北大荒，往返千里长途，火车最是难忘。无数次奔波在火车上，每一次，上车，下车，都必须经过这个站台。这个现在叫作北京东站的老站台，便像是一位亲人，永远站在那里，守候着你归来，或送你远行，看你开怀大笑，看你隐隐落泪，看惯世事况味，看尽春秋演绎。

五十二年前的 7 月 20 日，上午 10 点 38 分，我离开北京去北大荒。站台上，浩浩荡荡的人群，拥挤成了一锅搅不动巴了底的粥。人头攒动，旗帜招展，锣鼓喧天，高音喇叭里一遍遍不停地播放着毛主席语录歌曲，那种热烈的劲头，几乎能够把火车推动，让它如同飞机一样飞上云端。北京火车站的站台，仿佛在不停地震动。

五十二年过去了，还是这个站台，已经无情而彻底地把我们遗忘，像是一个背信弃义的情场老手，翻手为云，覆手为雨，将当年煽动起来并施予我们的热情，转手给予了新人。罗曼·罗兰说得好：每一个时代都要设置一个理想，好让年轻人疯狂。站台，只是迎送一代又一代年轻人的港口。

此刻，高音喇叭里正用一种软绵绵的声音播放着火车开出或到来的信息，声音在寂静而显得空荡荡的站台上有气无力地回荡着，轻柔得如同一阵暧昧的抚摸。

一切曾经热烈喧嚣的场面，都如同戏剧转台上的布景，被迅速地置换，被打扫得那样的干干净净，连一点儿灰烬都不剩。只看见从天棚投射进来的阳光，在停靠站台对面的动车白色车厢上闪烁，虽然是在炎热的夏天，那被风拂动的阳光却让人感到如同凄清而冰冷的秋霜一样，一缕一缕地飘动着。

也许，只有在这个时候，你才能够感受到岁月是多么的无情，历史残酷地翻开了崭新的一页，而我们的青春已经彻底不在。无论我们怎么费劲地打捞，也不可能打捞上来什么东西了。我们为什么还在做着猴子捞月亮这样徒劳的游戏？我们又为什么还在做着普希金渔夫和金鱼的故事里的美梦，梦想打捞上来一条想要什么就给我们什么的金鱼，哪怕只是一条西湖醋鱼也好？

转眼之间，一代人已经无可奈何地老了。仅仅我们的一个生产队，已经死去了二十几位知青。可是，我们还是不可救药思念那个曾经埋葬过我们青春的地方。无数知青，还是魂牵梦绕一次次地重返北大荒。站台，便是我们的必经之路。我也一样，不也是一次次地重返北大荒？

站台，像一位沧桑世故的老人，不说什么，却什么都知道，因为每一次去那里，或者从那里回到北京，它都看得清清楚楚，须眉毕现，滴水不漏。

法国哲学家哈布瓦赫曾经说："现在的一代人是通过把自己的现在与自己建构的过去，对置起来而意识到自己的存在。"他又说："现在一起参加一次纪念性的集会，在想象中通过重演过去，以此来再现我们那顽固不化的思想。"

这就是哈布瓦赫所论述的立足于现在对过去的一种重构，

形成一种集体记忆的普遍的思维模式。我们这一代人，谁也无法逃脱，都是这样的顽固不化。

我们真的如哈布瓦赫早早就一针见血对我们预言的那样：没有这样的重返北大荒的集体集会，没有这样在激动的想象中重演过去，过去的一切，就真的会在时间的迷雾中慢慢地飘散？而那将是一代人的青春啊。是的，我们不甘心，我们渴望通过这样的集体记忆，在顽强的想象和希望中，重新找回失去的一切，将已经处于社会边缘位置的我们，重新拉回到广场的中心位置，梦想着依旧能像广场中心那些旗帜一样迎风飘扬。

但是，我们能够真正地找回来曾经失去的一切吗？早已经飘零在地上的落叶，可以拾起来夹在书中做一枚怀旧的书签，却不会再上演如鸟一样重新飞回枝头的神话了。广场还在，站在那里的人们，已经不再是当年挥舞旗帜高唱语录歌的我们，我们不过在夜晚人群散去的时候，到那里寂寞又热闹着地跳广场舞。

在那些路远天长的日子里，在北大荒甩手无边的荒草甸子里，想家、回家，曾经是心头常常念响的主旋律，渴望见到绿色的车厢、又怕见到绿色车厢，成了那时的一种说不出的痛。

火车没有给我留下任何好的印象，唯独站台给我以亲切感。尤其是回到北京下了火车的时候，站台，让我像是见到了久别的亲人；而我要离开北京回北大荒的时候，站台又仿佛那样地依依不舍。

又想起了五十二年前 7 月 20 日上午 10 点 38 分的站台。那一天，阳光灿烂。我再也没有见过那样阳光灿烂的站台。我永远也忘不了，就是火车刚刚驶动的时候，我们的车厢里就有一个同学失声哭了起来。和当时热烈激动的场面显得不大谐调的哭声，让满车厢里的人都为之一惊。谁都不会明白那刚刚离开北京的哭声，对于我们意味着什么，只有到了五十二年后的现在，我才多少明白一些，那哭声是对我们青春命定般的一种隐喻或象征。

站台，会像是一个硕大的容器，装下了这些岁月里青春的哭声吗？

我不知道。即使是一个容器，五十二年过去了，会不会锈蚀破损而裂开了缝隙甚至掉了底，让这些哭声像水一样，跑冒滴漏得一干二净？

记得那一天哭声还没完全停止，火车还没有完全驶出站台，不仅我一个人看到，站台的边上，紧连着明城墙的残墙垛上，站着一个年轻的姑娘，在向着车厢挥手。我认识她，邻校高一的女生，但她并不是为我送行，也不是向我挥手。火车在这一瞬间加速，很快风驰电掣，将一切甩在身后。

　　火车就要进站，要接的人就要到了。铁轨咣当当的撞击声中，似乎将历史与现在、回忆和现实，剪接交织在一起，有了一种错位和间离的效果。站台，北京站的站台，一如既往，不动声色，处变不惊，立在五十二年后夏日炎热的阳光下。

2020 年 7 月 20 日写于北京

遥远的土豆花

在北大荒，我们队的最西头是菜地。菜地里种得最多的是土豆。那时，各家不兴自留地，全队的人都得靠这片菜地吃菜。秋收土豆的时候，各家来人到菜地，一麻袋一麻袋把土豆扛回家，放进地窖里。土豆是东北人的看家菜，一冬一春吃的菜大部分靠着它。

土豆夏天开花，土豆花不大，也不显眼，要说好看，赶不上扁豆花和倭瓜花。扁豆花，比土豆花鲜艳，紫莹莹的，一串一串的，梦一般串起小星星，随风摇曳，很优雅的样子。倭瓜花，明黄黄的，颜色本身就跳，格外打眼，花盘又大，很是招摇，常常会有蜜蜂在它们上面飞，嗡嗡的，很得意地为它唱歌。

土豆花和它们一比，一下子就站在下风头。它实在是太不起眼。因为队上种的土豆占地最多，被放在菜地的最边上，土地的外面就是一片荒原了。在半人高的萋萋荒草面前，土豆花就显得更加弱小得微不足道。刚来北大荒那几年，虽然夏天在土豆开花的时候，常到菜地里帮忙干活，或者到菜地里给知青食堂摘菜，或者来偷吃西红柿和黄瓜，但是，我并没有注意过土豆花，甚至还以为土豆是不开花的。

我第一次看到并认识土豆花，是来北大荒三年后的夏天，那时候，我在队上的小学校里当老师。

小学校里除了校长就我一个老师，从一年级到六年级的所有课程，都是我和校长两个人负责教。校长负责低年级，我负责高年级。三个高年级的学生，鸡呀鸭呀挤在一个课堂里上课，常常是按下葫芦起了瓢，闹成一团。应该说，我还是一个负责的老师，很喜欢这样一群闹翻天却活泼可爱的孩子。所以当有一天发现五年级的一个女孩子一连好多天没有来上课的时候，心里很是惦记。一问，学生七嘴八舌嚷嚷起来：她爸不让她上学了！

为什么不来上学呢？在当地最主要的原因是家里孩子多，生活困难，一般家里就不让女孩子上学，提早干活，分担家里的困难，这些我是知道的。那时候，我的心里充满自以为是的悲天悯人的感情和年轻涌动的激情，希望能够帮助这个女孩子，说服她的父母，起码让孩子能够多上几年学，便在没有课的一天下午向这个女孩子家走去。

她是我们队管菜地的老李头的大女儿。家就住在菜地最边上，在荒原上开出一片地，用拉合辫盖起的茅草房。那天下午，老李头的女儿正在菜地里帮助她爸爸干活，大老远就看见我，高声冲我叫着：肖老师！从菜地里跑了过来。看着她的身上粘着草，脚上带着泥，一顶破草帽下的脸膛上挂满汗珠，心里想，这样的活儿，不应是她这样小的年纪的孩子干的呀。

我跟着她走进菜地，找到她爸爸老李头，老李头不善言辞，但很有耐心地听我把劝他女儿继续上学的话砸姜磨蒜地说完，翻来覆去只是对我说：我也是没有办法呀，家里孩子多，她妈妈又有病。我也是没有办法呀！他的女儿眼巴巴地望着我，又望着他。一肚子的话都倒干净了，我不知道该再说什么好，竟然出师不利。当地农民巨大的生活压力，也许不是我们知青能够想象的，在沉重的生活面前，同情心打不起一点儿分量。

那天下午，我不知道是怎么和老李头分手的。一种上场还没打几个回合就落败下场的感觉，让我很有些挫败感。老李头的女儿一直在后面跟着我，把我送出菜地，我不敢回头看她，觉得有些对不起她。她是一个懂事的小姑娘，她上学晚，想想那一年她有十三四岁的样子吧。走出菜地的时候，她倒是安慰我说：没关系的，肖老师，在菜地里干活也挺好的，您看，这些土豆开花挺好看的！

我这才发现，我们刚才走进走出的是土豆地，她身后的那片土豆正在开花。我也才发现，她头上戴着的那顶破草帽上，围着一圈土豆花编织的花环。这是我第一次看到土豆花，那么小，小得不注意几乎会忽略掉它们。淡蓝色的小花，一串串的穗子一样串在一起，一朵朵簇拥在一起，确实挺好看的，但在阳光的炙烤下，像褪色了一样，有些暗淡。我望望她，心想她还是个孩子，居然还有心在意土豆花。

土豆花，从那时候起，不知为什么在我的心里有一种忧郁的感觉，让我总也忘不了。记得离开北大荒调回北京的那一年夏天，我特意邀上几个朋友到队上的这片土豆地里照了几张照片留念。但是，照片上根本看不清土豆花，它们实在是太小了。

前几年的夏天，我有机会回北大荒，过七星河，直奔我曾经所在的生产队，一眼看见了队上那一片土豆地的土豆正在开花。已经过去几十年了，土豆地还在队上最边的位置上，土豆地外面还是一片萋萋荒草包围的荒原。真让人觉得时光在这里定格。

唯一变化的是土豆地旁的老李头的茅草房早已经拆除，队上新盖的房屋，整齐排列在队部前面的大道两旁，一排白杨树高耸入天，摇响巴掌大的树叶，吹来绿色凉爽的风。我打听老李头和他女儿。队上的老人告诉我：老李头还在，但他的女儿已经死了。我非常惊讶，他女儿的年龄不大呀，怎么这么早就死了呀？他们告诉我，她嫁人搬到别的队上住，生下两个女儿，都不争气，不好好上学，老早就退学，一个早早嫁人，一个跟着队上一个男孩跑到外面，也不知去干什么，再也没有回过家，活活地把她给气死了。

我去看望老李头，他已经病瘫在炕上，痴呆呆地望着我，没有认出我来。不管别人怎么对他讲，一直到我离开他家，他都没有认出我来。出了他家的房门，我问队上的人，老李头怎么痴呆得这么严重了呀？没去医院瞧瞧吗？队上的人告诉我：什么痴呆，他闺女死了以后，他一直念叨，当初要是听了肖老师的话，让孩子上学就好了，孩子就不会死了！他好多天前就听说你要来了，他是不好意思呢！

在土豆地里，我请人帮我拍张照片留念。淡蓝色的、穗状的、细小的土豆花，在这片遥远得几乎到了天边的荒原上的土豆花，多少年来就是这样花开花落，关心它们或者偶尔之间想起它们的人会有多少呢？

世上描写花的诗文多如牛毛，由于见识的浅陋，我没有看过描写过土豆花的。一直到二十世纪九十年代，看到了东北作家迟子建的短篇小说《亲亲土豆》，才算第一次看到了原来还真的有人对不起眼的土豆花情有独钟。在这篇小说的一开头，迟子建就先声夺人用了那么多好听的词儿描写土豆花，说它"花朵呈穗状，金钟般垂吊着，在星月下泛出迷幻的银灰色"。这是我从来没见过的对土豆花如此美丽的描写。想起在北大荒时，看过土豆花，却没有仔细观察过土豆花，竟然是开着倒挂金钟般穗状的花朵。在我的印象里，土豆花很小，呈细碎的珠串是真的，但没有如金钟般那样醒目。而且，我们队上的土豆花，也不是银灰色的，而是淡蓝色的。现在想一想，如果说我们队上的土豆花的样子，没有迟子建笔下的漂亮，但颜色却要更好看一些。

让我没有想到的是，迟子建说土豆花有香气，而且这种香气是"来自大地的一股经久不衰的芳菲之气"。说实话，在北大荒的土豆地里被土豆花包围的时候，我是从来没有闻到过土豆花有这样不同凡响的香气的。所有的菜蔬之花，都是没有什么香气的，无法和果树上的花香相比。

在这篇小说中，种了一辈子土豆的男主人公的老婆，和我一样，说她也从来没有闻到过土豆花的香气。但是，男主人公却肯定地说："谁说土豆花没香味？它那股香味才特别呢，一般时候闻不到，一经闻到就让人忘不掉。"或许，这是真的，我在土豆地，都是在一般的时候，没福气等到过土豆花喷香到来的时候。

看到迟子建小说这里的时候，我突然想起了老李头的女儿，她闻得到土豆花的香气吗？她一定会闻得到的。

2017 年 3 月 8 日写毕于北京

好味止园葵

　　偶尔曾经这样一想，人生最须臾离不开的就是吃了，国内国外大小餐馆，吃的委实不少了，但是，最难忘的，却不在那里，而全在毫不知名的乡村野店。即使过去的日子那么久了，吃的味道，还有那里陈设的一切，都还是那样的清晰如昨。真的是怪了。

　　三十六年前的秋天，之所以记得如此清楚，因为那是我插队北大荒第一次离开那个小村子，来到了富锦县城。那时，村里没有什么吃的，尤其到了冬天，除了老三样，即冻白菜、冻土豆、冻胡萝卜之外，只有煮上一锅冻豆腐汤，用淀粉拢芡浇上点儿酱油、香油，我们称之为"塑料汤"。吃了整整两冬这些东西，胃都吃倒了。来到县城，第一顿晚饭，在一家小馆里吃的，吃的是肉片炒芹菜。不知人家地窖里是怎么保存的，芹菜虽然很细，却很新鲜，炒出来一盘，湛青汪绿，好像刚刚从地头摘下来一样。我再也没有吃过那么好吃的芹菜，一直到现在，只要一想起来，一种脆生生、香喷喷略为苦丝丝的芹菜味道，还在嘴里缭绕，令我口舌生津。

大约十年前，从延安下来，车子开了一个来钟点，停在一个村头，进了一家小馆。这是朋友特意带我来的地方，肚子早咕咕叫了，朋友说好饭别怕晚，让我坚持。因为早过了午饭的点儿，小馆里空荡荡的，不仅没有一个客人，连店主人都不在了。忙招呼人把店家请了来，来了个陕北汉子，既是老板，又是厨子，说菜是现成的，不过只有一道：手抓羊肉。不一会儿工夫，一小锅热腾腾的手抓羊肉就上来了。手抓羊肉，吃的次数多了，没有吃过这样鲜这样香的。我问老板汤里都搁什么作料了，这么香！他告诉我，除了葱、姜和盐，什么都没放（连油都没放），只是这羊是今早晨天没亮时候宰的，小火炖了整整一个上午。一天就卖这么一只羊，都是从延安下来的游人来吃，宁可饿着肚子跑老远，也到这里吃。就这么简单，就这么好吃，不管是西安，还是北京，再大的餐馆，没脾气。

前两年，又去延安，想那手抓羊肉，如法炮制，下了延安，车子开了大约一个钟点，到了一个村口，却怎么也找不到那家小馆了。也许，这次没有朋友带领，忘记了村名，我认错了地方。但我总觉得，它只是逗了一下我的馋虫，就像童话里小屋灵光一闪消失了。

　　前不久，去峨眉，一路蒙蒙细雨下山，车子也是开了一个来钟点，停在山坡旁一家小馆前。这回吃的全部都是山野菜，其中一道竹笋炒猪肉，真的叫绝，满座称好。已是初秋时节，居然还有如此新鲜的竹笋，淡淡鹅黄的颜色，娇柔可爱，而且细嫩犹如春芽，入口即化的感觉，颇似水墨画中的水彩一点点地洇进宣纸，慢慢地让你回味。里面的猪肉，也全然不是在超市里买到的那种滋味，虽然肉片切得薄厚不一，但味道鲜美，无法形容其如何鲜美好吃，在座的一位说了这样一句：这才是真正猪肉的味道。这话虽然有些词不达意，却是最好的褒奖了。于是，风卷残云之后，在一片叫好声中，叫店家又上了一盘。

　　如今，许多东西原本真正的味道，都已经离我们远去，机械化批量饲养的猪或鸡，在屠宰场和超市里整齐划一，包装鲜艳，在餐桌上却嘲笑着我们的味蕾和胃口。

想想前者在北大荒那难忘的芹菜，是物质极度贫匮的年月里一种向往而已，而后两者则是物质发达之后我们远离大自然崇尚现代化而必然的一种失落。陶渊明曾有句诗：好味止园葵。如今，我们却远于园葵，好味便自然也就远离我们了。人类虽为万物之灵长，却也如狗熊掰棒子，不可能把棒子都抱在自己的怀里，总会得到一些什么，也要失去一些什么，这是能量守恒。

这一次，我记住了那个地方，叫零公里。这是一个奇怪的却也好记的地名，下次去峨眉，好再尝尝竹笋炒猪肉。

2006 年 11 月 6 日于北京

只道当时
是寻常

《 扫 码 聆 听

只道当时是寻常

作为导演，是枝裕和拍出的电影很精彩，他的文章也很不错。曾经读到他写的这样一段文字：

"回忆像棱镜，一道往事之光通过，被分得五彩斑斓，人们往往只能看到其中的一两种颜色，明媚的、晦暗的、不安的、不满的、好的坏的……显色的介质是我们的心。只道当时是寻常，无论过后如何感叹，若将自己重置于当年，或许道出的还是寻常——很多时候，人不经过就无法切实地懂得，这也是没办法的事。"

他的这段话，和我们的老话说的"事非经过不知难"，有相似之处。只不过，他是把"经过"放在人的回忆背景和重点来论及，更多带有情感色彩；我们的老话则是过来人的经验之谈，更多带有教导意味。

他在这里强调的"经过"，其实指的就是我们过往的成长史，带有亲历性，有咀嚼之后的幡然醒悟，即他所说的"显色的介质是我们的心"，而非仅仅是时过境迁，如面对老照片时"梦回初动寺楼钟"那样怀旧般的回忆，或如"自将磨洗认前朝"那样对前人旧事的指陈与褒贬。这样来看，是枝裕和所说的那些只道当时是寻常的往事，如果我们真能够重回过去，再次经过，依旧会和当时一样，漫不经心，毫不在意，而与这些往事再次擦肩而过，如同水过地皮湿，"道出的还是寻常"。人就是这样，记吃不记打，重蹈覆辙中，很难真正能够摔个跟头捡个明白；事过境迁后，很容易会在"经过"的前后两次跌倒在同一处。

我想起自己读小学的时候，学校对面是乐家胡同，之所以叫乐家胡同，因为同仁堂乐家老宅和制药车间在旁边。这是一条非常窄的胡同，只能容一个人通过。这条胡同走到底，立着一块"泰山石敢当"的石碑，往右一拐，便别有洞天，一下子轩豁起来。放学后，我们常到这里踢足球，把书包在两边各放一个，便是球门。有一天，踢得正热火朝天，来了一个高年级的学生，大个子，带着一帮人，也到这里踢球，非要把我们撵走。争执起来，一气之下，我抱起他们的球，一脚踢到旁边制药车间的房顶上，然后，撒丫子跑走。

第二天，下午放学，我走进乐家胡同，走到"泰山石敢当"的石碑前，突然闪出一个人影，挡住我的去路。我一眼看清是昨天和我们争场地的那个大个子。他一把揪着我的脖领子，让我赔他的球！我和他挣巴起来，他一拳头把我打倒在地，正要上来接着打的时候，一个响亮的声音传来：住手，不许打人！一个女同学跑了过来。我认识她，上六年级，是我们学校的大队长，我入队时，是她给我戴的红领巾。她扶我从地上起来，大个子转身跑走了，她便也走了。我知道，她家就在前面的胡同里，但我连声谢谢都没有说。

在北大荒，农场整编为兵团，我曾经在师部宣传队待过一年的时间。冬天，我的一位朋友到师部来玩，要住在我这里。住的地方，一铺大炕，很宽敞，只是没被子。天暖的时候还好说，这数九寒天的，没被子哪行啊。我只好找女生问谁有富余的被子，借我一用。那时候的人真是爽快，一个女生说我有，便抱来一条崭新的被子递给我。我和这个女生不熟，她个子不高，很瘦削，是跳舞的，常出现在群舞中，或在《红色娘子军》中扮演红军战士中的一位。没有想到她这样热情。

让我没有想到的是，我的这位朋友，这天夜里把人家的新被子弄脏了一大块。第二天一清早起来，他非常不好意思，掀开被子让我看，问我怎么办？能怎么办呢？我赶紧打来一脸盆清水，用毛巾蘸上水，一遍遍擦洗。朋友羞愧地走了，我一时不敢还被子，赶紧把被子摊开，放在火炕上烤。哪里想到，用水擦洗的地方，干是干了，却明显有黄了的痕迹。我把被子叠好，掩耳盗铃一般，没敢对人家说，把被子还给了她之后，心里忐忑了好几天，生怕她看到了被子后骂我。可是，没有，她一直没有。而我竟然忘记了她的名字，只知道姓刘。

前些年，冬天的一个中午，我在崇文门地铁站等地铁。站台上没什么人，一侧站着我，另一侧站着一对母子。忽然，那个小男孩跑到我这边来，问我：叔叔，我妈问您去象来街，是在您这边等，还是在我们那边等？我告诉他就在你们那边等。小男孩也就五六岁，穿着羽绒服，浑身滚圆，像只皮球一样，使劲儿跑回到他妈妈那边，特别好玩。

地铁半天没有来，我等得有些心急，想上去打辆车走，便向出站口走去。沿着高高的台阶，走到上面的时候，忽然听见喊声：叔叔！我回头一看，那个小男孩，皮球一样骨碌骨碌地爬上高高的台阶。我问他：有什么事情吗？他有些气喘吁吁地说：刚才我妈妈问我你向叔叔问完路，说谢谢了吗？我说我忘了，我妈妈说你应该对叔叔说声谢谢呀！原来，就为了说声谢谢！真是个可爱的孩子，也是位可爱的妈妈！

想起了这几件曾经"经过"的事情。事过经年，如今回忆起来，觉得那样的感动，如是枝裕和说的那样："回忆像棱镜，一道往事之光通过，被分得五彩斑斓。"回忆中因有时间和感情的作用，而镀亮这些往事，让它们有了鲜艳的色彩。也就是说，"经过"了之后的回忆，很容易被我们自己添油加醋，涂抹油彩，诗化甚至戏剧化。当初"经过"时的真实情况，则如是枝裕和所说，"只道当时是寻常"。如果真的能够重回过去，恐怕我和当初一样，并没有觉得那是多么让我感动的事情，更不会认为那是多么的五彩斑斓。

我一样会面对帮我喝走那个欺负我的大个子、扶我站起来的大队长，忘记说一声谢谢。

我一样会掩耳盗铃，把弄脏的新被子还给人家的时候，没对人家说出真实的情况，而且，还会忘记了人家的名字。

我一样对只为了说声谢谢而爬了那么多台阶那个可爱的小男孩，觉得有些理所当然，而没有对他说一句你真懂事之类的表扬和鼓励的话。

只道当时是寻常。这话说得真好。我知道，这并非是枝裕和的原话，是译者借用纳兰性德的一句词，巧妙而贴切地表达了是枝裕和的意思。不过，译者将原词的词序换了一下，原词是"当时只道是寻常"。这样的置换，是有意的，将"只道"放在前面，是特意强调以今天的视角来审视以前的"经过"；而将"当时"放在前面，则是自己依旧置身并沉浸于以前的"经过"之中。

不管如何置换，这句词用在这里真好，不仅适于是枝裕和，也适于我们每一个人。

2023 年 3 月 1 日大风中写于北京

我们自己的秋千

日本作家荻原浩的小说《海边理发店》，我很喜欢。小说情节很简单，一对多年未见的父子相见却并未相认的故事。作为老理发师的父亲，离开家乡东京，来到僻静偏远的海边，开了一家小理发店，已经十五年。有一天，儿子突然来到理发店，是来告诉父亲他即将结婚的消息。几十年所有跌宕的人生经历和家庭恩怨，以及父子之间亲情的隔膜与交融，都浓缩在这个小小的理发店里。

小说开头，先出现一架秋千，儿子来到理发店前，一眼看到："没有鲜花的院子里，立着一架被人遗忘的秋千，支架和锁链上都布满了红色的锈迹。"

这是作者有意的设置，方才如此先入为主。秋千，不仅起到小说情节的贯穿作用，更起到父子之间的感情，尤其是父亲对儿子复杂感情的描摹作用。儿子小时候，在河滩公园荡秋千的时候，不小心从秋千上摔了下来，河滩上都是石头，伤了儿子，在儿子的后脑勺上留下了一道缝过针的伤口。父亲担心儿子再到河滩上玩秋千会跌伤，便干脆买了一架秋千，装在自家的院子里。十五年前，父亲从东京把秋千搬到海边，安放在理发店的小院里。

小说结尾，父亲为儿子理发时，特意仔细看了儿子后脑勺上被针缝过的伤口，确认了这就是自己多年未见的儿子，禁不住突然问儿子："您后脑勺上这缝过针的伤口，是小时候摔的吧？"

小说在这里，让儿子不禁望了望父亲，逆光中的父亲的脸变成一团黑影，他看不清父亲的表情。这一笔写得真好，看不清的父亲脸上的表情，其实更动人，所谓此时无声胜有声吧。然后，父亲说起了上述秋千的经过。我们才明白，为什么要在小说开头先设置了一架秋千，而且，要让儿子一眼看见。一架秋千，串联起几十年的岁月，勾连起父子之间的感情，如此简洁，给漫长的时光和抽象的感情，都赋予了生动的形象。

可以想象，如果没有秋千，这一切该如何表达和描述？

《海边理发店》中有很多动人的细节，铺排得小说委婉熨帖，描写得人物心情跌宕起伏。其中秋千这一细节，最让我难忘。

读完《海边理发店》，我想起了孙犁先生的小说《秋千》。看小说的题目，就可以知道，这篇小说也写到了秋千。不过，写法不尽相同，秋千只是在小说结尾中才出现，不像《海边理发店》那样首尾呼应。

小说写一个十五岁的姑娘，日本鬼子烧毁了她家的房子，爹娘早死，从小吃苦。但是，她有个爷爷，曾经开过一家小店铺，有几十亩地。农村定成分的时候，有人提起她爷爷的陈年旧事，要定她成分为富农地主。她一下子委顿了，和她一起的女伴们也一起失去了往日的快活，纷纷替她鸣不平。最后，她爷爷属于上一辈的事，她被定为普通农民。立刻，她和女伴恢复了往日的快活。那么，这快活劲儿怎么写？因为这不仅关系着她和她的这一群女伴的心情，还关系着她们的形象。

在这里，和荻原浩《海边理发店》里一样，孙犁先生也运用了秋千这一形象化的细节，作为她们心情和形象的载体。

她们在村西头搭了一个很高的秋千架。每天黄昏，她们放下纺车就跑到这里来，争先跳上去，弓着腰往上一蹴，几下就能和大横梁取个平齐。在天空的红云彩下，两条红裤子翻上飞下，秋千吱呀作响，她们嬉笑着送走晚饭前这一段时光。

秋千在大道旁边，来往的车辆很多，拉白菜的，送公粮的。戴着毡帽穿着大羊皮袄的车把式们，怀里抱着大鞭，一出街口，眼睛就盯着秋千上面。其中有一辆，在拐角的地方，碰在碌碡上翻了，白菜滚到沟里去，引得女孩子们大笑起来。

有了秋千，一下子，就有了心情，有了场面，有了主客观两方面的镜头，姑娘们一扫以往的阴霾，那样明亮而生动起来。姑娘们的心情和形象，都在秋千上面闪现，要不也不会有那么多的车把式观看，更不会有人翻车了。

可以设想，无论缺少了获原浩《海边理发店》里的秋千，还是缺少了孙犁《秋千》里的秋千，小说都不会这样感动我们。同样都是秋千，孙犁先生的秋千和获原浩的秋千，不完全相同。获原浩的秋千，原来在海边并没有，是作者明显有意的设置，让秋千前后两次出场，让小说有了悬念和起伏；孙犁先生的秋千，则原来就在村西头，只是最后出场，自然妥帖，恰到好处，点到为主，戛然而止。

可以看出，秋千作为小说中的细节，就是这样不可或缺，牵一发而动全身，起到情节所难以起到的作用。我们甚至可能忘记了小说中具体的情节，却难忘这样动人的细节。

想想在我们自己的生活中，其实，也有这样秋千之类的细节，足以打动我们自己，让我们难忘，这并非只是作家的专利。我们在自己的回忆中，或在向他人的诉说中，便可以不再只是说感动、难忘这样抽象的词语，也不再只是事情繁复流水账的叙述，而多了这样动人、形象又格外特别的细节，一下子触到我们的痛点上——北京话说是捅到我们的麻筋儿上。

是的，要相信，我们都有属于自己的"秋千"。

2023 年 2 月 16 日

范雨素的甜魇菇

　　见多吃多了装潢豪华餐厅里的商务餐后，到乡间大集尝尝锅气和烟火气十足的家常菜，会感受到不尽相同的味道。

　　读范雨素的新书《久别重逢》，便是后一种味道。这本书积蓄了作者积淀太多的经历、思绪、梦境和想象，倾吐着她太多渴望的表达，诸如家族史、个人颠簸流浪史、命运的轮回、罪罚的报应、生命的救赎、城乡两界、冥阳两界、人鬼神三界……错综交织，繁复芜杂，但还是能够看出有着她精心钩织出的清晰线条，便是以她个人的成长史串联出她上下求索、寻魂问魄的轨迹，而非一般打工文学常出现背井离乡生活的再现、痛苦的宣泄，那种纪录片式的纪实。

　　我不想谈范雨素书写这本书的得失，只想说说我读她的语言后的一点感想。一般而言，这类打工者的素人写作，语言容易呈两极：或趋向民间的朴素，或向文人化靠拢。我没有读过范雨素其他的作品，只读过这本《久别重逢》，这本书中呈现的语言特点，与上述两点有些迥异，便让我格外注意。

这样的语言，分叙述语言和描写语言，前者是她的语气，后者是她的底气。没有了语气自然与自觉的调试，也就没有了气脉的上下贯通，书写就容易成为一盘散沙，所谓形散神散。没有了具体的描写能力，书写自然底气全无，便成了一杯淡而无味的白开水，或一册或薄或厚的流水账。

试举几例：

"后来我上了小学，每天仍旧围着大枣树转圈圈，背《杨家岭的早晨》这篇课文给大枣树婶婶听。我觉得大枣树婶婶是我的长辈，她应该检查我的作业。"看这一段的语言，充满童真，带有童话色彩，多像儿童文学的语言。"大枣树婶婶是我的长辈，她应该检查我的作业。"这样的书写，既是叙述，也是描写，亲切、简约又生动。亲切和简约，属于叙述；简约和生动，属于描写。两者水乳交融，看似简单，做到不易。

"童年的我在打伙村幸福地活着，我画在胳膊上的表从不走动，是最幸福的时光信物。""画在胳膊上的表"这一生活的惯常细节，被她信手用"时光信物"的流行语汇流水一般润滑连缀，多像"读者体"。

再看这一段："当我们的肉体消亡以后，我们的灵魂，我们的脑电波，进入了云空间，浮在虫洞上。虫洞里瞬间千年，当我们的灵魂进驻肉体时，经过排列组合，我们成了相亲相爱的一家人。"脑电波、云空间、虫洞、灵魂进驻肉体、排列组合……一连串多媒体时代涌现出的新名字，是不是有点儿科技新文体的意思？

而这一段："想当年，天涯浪子，漂泊尘世，漫步云烟，寻魂问魄。秋风萧瑟，驿路长歌。看如今，醉饮往事。抚今追昔，魂在何方。魂兮，魂兮，归来吧！魂不应，大盗不止，如影随形。"一下子回溯千年，颇具古风，又有了向传统的古文体学习效仿的影子。

再看这样两段——

"那时，每天还能碰到一些文化大家……我从来都不卑不亢，因为在我的心里觉得，我脑子里记住的每个名人都比他们出名，所以就不以为然。我记住的名人是孔子、庄子、孟子、秦始皇、汉高祖、西楚霸王、吕布、李白、杜甫……这些名人，都比我每天看见的当代名流出名。我就不为见到这些名人而觉得受宠若惊。"

"每当我给大街上的保洁工人、绿化工人鞠躬时，他们对我亲切地微笑，我对他们微笑。他们都是头发花白的农民工，像他们这样的老人只能找到这样的工作，只能做这样的工作。我和他们相视而笑，我们都是被这个社会屏蔽的人，我们都穿上了用卑微的米粒做的隐身衣。"

一个是她在潘家园旧货市场摆摊时和那么多文化名人相遇。一个是她在北京街头和保洁工人、绿化工人普通劳动者相遇。同样的相遇，却是两种场景，两种心态，两种表现，两种情感，自尊、良善、底层人细腻而丰富的情感，在简洁的文字对比中完成。"我们都是被这个社会屏蔽的人，我们都穿上了用卑微的米粒做的隐身衣"，写得真的是好，让我感动。

于是，再读："我在每一个白天，都盼着黑夜来临，回到我的梦里。梦中的我，是女王的孩子，是土地的主人。梦中的我不是那个拉着两个孩子流浪的妈妈。我每天最幸福的时光在梦里。"那种隐忍在内心深处的苦楚、心酸与不甘，以及对幸福无时不在却只能埋在黑夜里的渴望，那梦中灵光一闪而转瞬即逝的卑微却真挚的对幸福的渴望，多么像寒风中卖火柴的小姑娘手中火柴燃烧的那一缕微光。梦中一闪而过的幸福、现实中漫无边际的流浪，白天的隐遁、黑夜的来临，无不在对比之中，在梦想与现实、在白日与黑夜的撕扯纠缠中，在不动声色的语言缓缓流淌中，让我感受到她敏感、善感的内心一隅。

最后，再引两段，写表姐和刘小香。第一段写刘小香刚上小学三年级，爹妈重男轻女，就不让她上学，让她去放猪了。"刘小香不上学后，每天都要到教室门口放猪，学校没有围墙，教室门口是一片空旷的大草地。表姐坐在教室里，看小香放猪特羡慕，便决定不读书了。"

第二段写九岁的表姐学刘小香也辍学了，开始放鸭子："每天赶着几百只鸭子，像率领着千军万马南征北战的大将军，像煞了威风凛凛的花木兰。在榜样的召唤下，我们打伙小学又多了几个辍学的学生。打伙小学的秃校长生气地咬紧牙关，给学校砌上了围墙，才及时刹住了辍学风。"

两段描写，传统白描，干净利索，毫不拖泥带水，在猪和鸭子、大草地和围墙的背景衬托下，让表姐、刘小香和秃校长三人分别出场，将他们的形象有声有色生动地勾勒出来。刘小香放猪为什么偏要把猪放到教室门口？表姐放鸭子为什么像威风凛凛的大将军花木兰？她不说刘小香还想上学，她也不说表姐不想上学，只在这样冷静的对比中，一笔描摹出两个女孩子不同的心境，简洁，含蓄，有味道。而仅仅砌上围墙这样一个动作、一个场景，就让秃校长那"生气地咬紧牙关"的心情和模样，有了看得见摸得着、更为形象而有意味的特写镜头。

可以看出范雨素的语言的多样化，也可以看出她的心思的轩豁，渴望多种样式的学习和尝试，而不满足于一般打工文学朴素的语言。可以明显看到，她的语言让我们如今一些专业作者的文字相形见绌。这是很不简单的，非常值得称道的，尤其在文学作品过于注重情节而语言文字粗糙甚至粗鄙的当今，重视并自觉磨炼自己的语言，不满足于身上披戴的打工妹标签而对语言文字懈怠与宽容，这样的努力尤其值得称道。

在《久别重逢》书中，有一章"甜魇菇"，这是一种乡间有点儿魔幻色彩的白色蘑菇。她写道："甜魇菇的内敛和它的名字一样，吃了后，就能做甜美的梦，和唐代小说《枕中记》中吕道士的枕头一样。可惜。有那么多俗人不知，不能做这样的梦。"

在我看来，甜魔菇，不仅和她的梦密切联系在一起，同时，也和她书写的语言文字联系在一起。那是她的一种双向的向往。我从未吃过这种蘑菇，甚至根本不知道世上还有这样一种奇特的蘑菇。她说得对，"有那么多俗人不知"！我就是这样的俗人，应该向她学习，如果能够向她讨要一点儿甜魔菇最好。

2023 年 2 月 12 日细雨中

朋友之间

当年，从家乡诺曼底的乡下来到巴黎，整整十二年，米勒穷得叮当响，早已经无钱住在房租昂贵的巴黎城里。米勒的好朋友，同为画家的卢梭，劝他搬到巴比松去。就如同我们今天的流浪画家到北京的郊区宋庄一样，那里租房便宜。可是，米勒连雇用马车搬家的费用，都掏不出来了呀。

卢梭对米勒说：这个我来想办法。

没过两天，卢梭兴奋地对米勒说：我新认识一个刚从美国来的朋友，是个商人，很有钱，我跟他介绍了你，他看中了你的画，想花几百美元，让我帮他买你的一幅画，你看怎么样？

这是米勒来到巴黎十二年来卖出的第一幅画。就是靠着卖出这幅画的钱，1849 年的冬天，寒风呼啸，卢梭帮助米勒驾着

一辆雇来的马车，搬家到了巴比松。日后米勒画出《拾穗者》
等一批画作，开始了属于他的时代。只是米勒到死也不知道，
这个美国人是不存在的，买他的这幅画的人，是卢梭自己。

　　这就是朋友。

　　和米勒一样，塞尚在巴黎闯荡多年，也是一事无成，潦倒
不堪，三十二岁那年，无可奈何从巴黎回到了家乡艾克斯。尽
管依然心有不甘，坚持作画，却依旧是一幅也卖不出去。他的
画画完之后，到处乱丢，甚至丢到田里。据说当年莫奈就从一
块石头上捡到一幅塞尚的《出浴人》。

　　无论在巴黎，还是在家乡，塞尚都成了孤魂野鬼一样，寂
寞地跋涉在他的艺术小径上。

　　在家乡，塞尚有一个朋友叫肖凯，替塞尚不平，别人不买
塞尚的画，他自己花钱买了一幅。这是塞尚生平卖出的第一幅
画。只是，塞尚不知道，肖凯买了他的画，却不敢挂在自己的
家里，怕妻子不能容忍塞尚的画。肖凯让他的一个朋友把画带
到他的家里，装作请肖凯评画，然后再装作忘了把画带走。塞
尚的这幅画才勉强得以挂在了肖凯的家中，算是肖凯的一种
"曲线救国"吧。

肖凯欣赏并坚信塞尚，一直矢志不渝地推销塞尚的画。1889 年，正是在肖凯的极力支持和帮助下，塞尚的画终于在那一年的万国博览会上第一次展出，获得好评，为世人关注。这一年，塞尚已经整五十岁，肖凯为塞尚的成功，默默努力了十八年。

这才是朋友。

劳特累克也有个朋友，叫莫里斯·乔怀安，和劳特累克同龄，是老乡兼发小。阔别多年，十八岁那年，两人在巴黎重逢，劳特累克是个初出茅庐的画家，乔怀安已经是有名的画商。在蒙马特，乔怀安介绍劳特累克认识了画家德加，德加帮助他找到了合适的模特，成就了劳特累克日后的发展。

二十九岁那一年，乔怀安为劳特累克举办了生平第一次画展，画展就在乔怀安的画廊里，免去了租金困扰。日后，乔怀安又帮助劳特累克举办过两次画展，一次在巴黎，一次在伦敦。乔怀安是劳特累克有力的助力者。他还有一个愿望，帮助劳特累克举办第四次画展。可是，这一年，病痛折磨之中，劳特累克已经到了生命的尾声。乔怀安不甘心，劳特累克才三十七岁啊！

　　这一年初，乔怀安送劳特累克回家乡阿尔比养病，没想到九个月后，劳特累克执意重返巴黎。乔怀安陪伴他，会见了他的红颜知己，完成他最后的心愿，送他回家乡阿尔比。分别之际，乔怀安对劳特累克说：等你的身体恢复之后，选择好时间和地点，再举办第四次画展，你一定要好好养病！劳特累克明白，这是乔怀安的安慰，也是鼓励，更是一片心意。明明知道这已经是不可能的事情了，他还是点点头，用无力的手握住乔怀安的手，就此一别千里。

　　没有能够帮助劳特累克举办第四次画展，成了乔怀安一桩最大的心事。劳特累克过世之后，正是在乔怀安百般游说、千方努力下，才在阿尔比的贝尔比宫这样金贵的地方，开辟出劳特累克美术馆。也正是他的努力，最后整理出版了《劳特累克传》。他觉得唯有这样做，才是对未能如愿举办劳特累克第四次画展的弥补。

　　劳特累克临终前，曾经画过一幅油画《莫里斯·乔怀安》，是给朋友最后的留念。乔怀安把这幅画，连同劳特累克送给他所有的画，都捐赠给了劳特累克美术馆。

　　做朋友，做到这个份儿上，足以让劳特累克瞑目了。这是劳特累克一生的朋友。

　　亚里士多德曾经将朋友之间的友情分为三种："一种出自自利或用处考虑的友情；一种是出自快乐的友情；一种是最完美的友情，即有相似美德的好人之间的友情。"

　　我不知道如今我们朋友之间的友情，大多是什么样子的。我只知道卢梭和米勒、肖凯和塞尚、乔怀安和劳特累克，他们之间的友情，让我感动和羡慕。

2023 年 2 月 5 日元宵节改毕

父亲的虚荣

作为父亲，哪怕再卑微，没有任何值得一说的丰功伟业的光荣，却都是有着虚荣之心的。如果说光荣是呈现于外的一层耀眼的光环，虚荣则是隐藏于内的一道潜流，也可以说是光环对照下的倒影。唯此，才双璧合一，虽有些可笑甚至可气，却也可亲可爱。

长篇小说《我父亲的光荣》，是法国著名作家、法兰西文学院院士马塞尔·帕尼奥尔"童年三部曲"的第一部。在这部小说里，非常有意思的一段，写他当中学教师父亲的同事、钓鱼迷阿尔诺先生钓到一条大鱼，照了一张和这条大鱼的合影，把照片带到学校显摆他的战功。父亲嘲笑阿尔诺先生："让人把他和一条鱼照在一起，哪里还有什么尊严？在一切缺点中，虚荣心无疑是最滑稽可笑的了！"可是，当父亲用一杆破枪，终于击中了普罗旺斯最难以击中的林中鸟王——霸鹡的时候，也情不自禁地和霸鹡合影，记录下自己的战功。而且，像阿尔诺先生一样，也将照片带到学校去，显摆显摆。不仅如此，在和霸鹡合影之前，父亲摘下新买不久的鸭舌帽，特意换上了一顶旧毡帽，因为旧毡帽四周有一圈饰带，父亲拔下霸鹡两根漂亮的羽毛，插在饰带上，迎风摇曳。

看，父亲的虚荣心，如此彰显。

还读过法国女作家安妮·埃尔诺的一本书《位置》，写的也是父亲。她的父亲经历了两次世界大战，战后开一家小酒馆，艰苦度日。身份比帕尼奥尔的父亲还要低下而卑微，但一样拥有着作为父亲的虚荣心。没有文化，没有钱，父亲拿着二等车票却误上了头等车厢，被查票员查到后要求补足票价时被伤自尊，却还要硬装出一副驴死不倒架的样子来。爱和女客人闲扯淡时候说些粗俗不堪的笑话，特别是星期天父亲收拾旧物手里拿着一本黄色刊物，正好被她看到的那种尴尬，又急忙想遮掩而装作若无其事的那种虚荣……

看，父亲的虚荣，并非个别。不管什么身份什么出身什么地位的父亲，都有着大同小异的虚荣心。只不过，埃尔诺的父亲手里拿着一本黄色刊物，帕尼奥尔的父亲手里拿着一张和霸鹞的合影。刊物也好，照片也好，都那么恰到好处地成了父亲虚荣心的象征物，让看不见的虚荣心有了看得见摸得着的形象。

父亲的虚荣心，并不是那么面目可憎，或如帕尼奥尔的父亲曾经鄙夷过的"滑稽可笑"，而是在这样的"滑稽可笑"中显得是那样的朴素动人。父亲的虚荣心，给予我们的感觉，尽管并非丝绸华丽的触摸感觉，却是亚麻布给予我们的肌肤相亲的温煦。为父亲的光荣而骄傲，也应该尊重父亲的虚荣，光荣和虚荣，是父亲天空中的太阳和月亮。

读完这两部小说，我想起四十八年前的一桩往事，那时，我还在北大荒插队，有了一位女朋友，是天津知青。那一年的夏天，我们两人一起回家探亲，商量好她到天津安定好，抽时间来北京看看我的父母。她来北京那天，我从火车站接她回到家，只有母亲在家。我问母亲：我爸哪儿去了？她告诉我，给你买东西去了，这就回来！正说着，父亲的手里拎着一网兜水果，已经走进院子。那是父亲和我的女友第一次见面，也是唯一一次见面。父亲没有进屋，就在院里的自来水水龙头前接了一盆水，把网兜里的水果倒进盆中洗了起来，然后端进屋里，让她吃水果。

如果是在平常的日子里，买来水果，洗干净，请我的女友吃，算不得什么。我心里知道，那却是父亲最不堪的日子，因为新中国成立以前参加过国民党，在我去北大荒之后，从老屋被赶到这两间破旧逼仄的小屋，而且，还被驱赶去修防空洞。这一天，是特意请了假，先将干活儿的工作服和手套藏好，再出门买水果，来迎接我的女友。我明白，买来的这些水果，是为了遮掩一下当时家里的窘迫，也是为了遮掩他当时的虚荣心。

读过帕尼奥尔和埃尔诺的书后，四十八年前，父亲手里拎回的那一网兜水果，帕尼奥尔父亲手里拿着的那张照片，埃尔诺父亲手里拿着的那本刊物，一起一再浮现，叠印在我的眼前。

其实，父亲买的水果不多，只是几个桃，几个梨，还有两小串葡萄。一串是玫瑰香紫葡萄，一串是马奶子白葡萄。我记得那么清晰。

2021 年 2 月 14 日于北京

素昧平生

　　读俄罗斯作家巴乌斯托夫斯基的自传《一生的故事》，其中叙述巴氏童年的一桩小事，讲他在基辅一座叫马里因的公园里，见到一位身材高大的海军士官候补生，在林荫道上，从他身边走过。因为他向往大海，却从来没有见过大海，便把对大海的全部想象，寄托在这个无檐帽下绣着金色船锚飘带的海军士官候补生的身上。他渴望也能当像他一样的海军或者海员，在大海上航行，到达他刚刚读过史蒂文森写的《金银岛》上。他竟情不自禁地跟在这个候补生的后面，跟了很长的一段路。候补生早就发现，一直走出公园，走到大街上，候补生停下来，问他：为什么总跟着他？当候补生明白了这个小孩子的心愿后，带着他来到街边的一家咖啡馆，为他买了一杯冰激凌，并从钱夹里拿出一张巡洋舰的照片送给了他，对他说：这是我的舰，送给你，留作纪念吧！

巴氏的这部《一生的故事》一共六大本，叙述大大小小的故事很多，但是，不知为什么，这个巴氏在公园邂逅海军士官候补生的小故事，总让我难忘。

他们素昧平生，巴氏只是一个小孩子，候补生年龄不大，却是成人了。一个成人，能那样善待一个根本不认识的小孩子，不仅善待，而且那样理解一个小孩子天真幼稚、充满想象的心，愿意停下脚步，感受、倾听并珍惜孩子这样一颗幼稚却美好的心，还为孩子买一杯冰激凌，送孩子一张巡洋舰的照片。不是所有的成人都能做到这样的，即使是孩子的家长，也未必如此。

我在想，我成年之后，是否在某个地方，在偶然之间，也曾经遇到过这样的一个孩子？没有，我没有遇到过。或者，其实，我遇到过，但我没有发现，有些迟钝；或者，在公园里，眼睛里只有面前的花草树木，湖光山色，心里只有自己的事情，便不会像风吹过花草树木，即使是不曾相识，也将花木的清香带到别处，带到远方。是的，有很多的时候，我的眼睛有些近视或远视，我的心像搓脚石被磨得千疮百孔。

　　如果，我也遇到这样一个孩子，并且敏感地知道这个孩子的心思，我会像这位海军士官候补生一样对待这个孩子吗？真的，我不敢保证。每逢想到这里时，我都非常惭愧。我都会对那位海军士官候补生，像巴氏一样充满敬意和怀念。

　　我仔细搜寻记忆，我的一生中，未曾做到如海军士官候补生一样，发现过一个孩子，帮助过一个孩子，是否在小的时候也曾经遇到过海军士官候补生类似的人物，对我有过帮助呢？

　　我想到了。在我四岁左右的一个黄昏，家里来了客人，父亲陪客人喝酒，母亲忙于炒菜，姐姐照顾着一岁的弟弟，我偷偷一个人跑出家门，跑出大院，跑到大街上，像一头没有笼头罩着的小马驹，四处散逛，看什么都新鲜，看什么都好玩。不知不觉，越走越远，迷了路。黄昏落尽，黑夜降临，路灯闪烁中，我已经忘记了我当时哭还是没哭。记忆中，只留下我坐在一辆三轮车上，身边坐着的是一位警察叔叔。是他发现了街头失魂落魄的我，问清了我家住的地方，叫上了这辆三轮车。一路街灯和街景如流萤一般闪过，三轮车左拐右拐把我拉到大院门口的时候，我记得警察叔叔没有下车，只是叫我一个人下车，看着我跑进大院，才叫拉车的车夫拉着他走了。而我跑回家，爸爸还在和客人喝酒，妈妈和姐姐居然没有发现我已经在街头逛荡一圈了。

这个警察和我也是素昧平生，虽然，他没有请我吃冰激凌，也没有送我照片，但一样让我难忘。回忆起这件事，我完全记不起这个警察的面容，也记不起他对我说过什么话了，那一晚的情景，却印在我的脑海里，不止一次想他戴着警察大檐帽的样子，他弯腰和我说话时和蔼的样子。但是，这一切只是事过经年之后的想象而已。唯一的印象，就是在三轮车上他坐在我身边的模糊样子。说来也奇怪，那一晚之前的事，我什么也不记得了，我的记忆，就是从那一晚这个警察叔叔模糊的样子开始的。

我还想起另外一个人，是位老太太。不是我小时候遇到的，是十三年前的春天，那时候，我腰伤刚刚能下地走路，出院之前，医生嘱咐我，一定要多出来晒晒太阳，补补钙，对于腰伤的恢复有好处。我开始遵从医嘱，天天早晨出来，先到小区的小花园里晒太阳。小花园里，种着月季、紫薇、丁香，花木葱茏，有老头儿老太太在花丛树下练功打拳。小花园里还有几排椅子，坐着的也是老头儿老太太，和我一样，出来晒太阳，顺便闲聊家长里短。因为我是第一次来这里，从来没有见过这些人，插不进他们的聊天中，只能坐在椅子上呆呆望着他们，望着天空。

几天之后，我身边坐着的这位老太太，忽然对我说了句话：我看见你总到这里来晒太阳，你得戴副墨镜呀！

我转过头看了看老太太，有七十多岁的样子，戴副宽边的墨镜。她接着对我说：你眼睛也别总直接看太阳，太阳光厉害，伤眼睛的，容易得白内障。

我谢过了她。当天就买了一副墨镜，第二天到小花园，她看见我戴着墨镜，冲我笑了笑。

老太太和我也是素昧平生。她对我的关切，也许只是顺口而说，举手之劳，但让我心存感念，一直记忆。

有时，我会想，如果不是素昧平生，是自己的家人，或是熟悉的朋友，即使不熟悉只是偶尔见过几面的人，还会这样让我难忘并感念吗？我想，起码会打了折扣。正因为素昧平生，这位老太太，那位警察，才让我难忘并感念至今。哪怕他们并没有像巴乌斯托夫斯基遇到的那位海军士官候补生一样，为巴氏买一杯冰激凌，送一张照片，有那样额外的赠品；哪怕他们所做的对他们而言只是举手之劳的区区小事；却正因为小事区区，正因为面对的是与他们素昧平生的我，这些点滴小事，最可见是发自深心，是最自然不过的流露。这便是人存在于心最本能的良善，是让我们相信艰辛乃至丑陋生活中却存在温暖和希望的最朴素的力量。

2020 年 8 月 17 日写于北京

你是否用排水管充作长笛

三十多年前，我刚满四十，儿子读小学，迷上了集邮，拔出萝卜带出泥，连带着我跟着他一起玩。两代人之间的爱好，是相互感染，然后作用于亲情里面的。小时候，我像儿子一样也喜欢集邮，只是没有坚持下去，上了中学，乱花迷眼，移情别恋，新的爱好，便理所当然取代了它。这样说，是说得好听些，说穿了，就是半途而废。因此，一个人能够把一项爱好坚持一辈子，是不容易的；而人的一生中，半途而废的事情总是多于坚持到底的。

三十多年前的一个五月，我从德国途经莫斯科，在莫斯科住了两天。无事可做，便是逛街，加里宁大街、普希金大街、阿尔巴特大街……如没有笼头的野马，到处散逛。那时的莫斯科经济不景气，商店里货物凋零，除了镶嵌着红宝石的 18K 金的戒指，好看又便宜，真没有什么可买的。逛到一条不知叫什么名字的小街，赶上中午吃饭，不过是一份红菜汤和几片黑面包，要排长队。好不容易排到我，取了这样一份简单的快餐，要自己找地方吃。旁边有一个商亭，是一个报刊亭，售货的窗口前，有一个木板做的窗沿，我把塑料餐盘放在上面，一边吃，一边看风景。

五月的莫斯科，下着雨，雨不大，却淅淅沥沥下个不停，地上积水横流，天上阴沉沉的，没有红场的壮阔和东正教堂的色彩缤纷。但人来人往，小街和大街一样的熙熙攘攘。大多人打着伞，脚步匆匆，看不清他们的脸，看不出他们的表情，更不知道他们的心情。在异国他乡，更让人感到世界的隔膜。

报刊亭里，没有人，售货的窗口紧闭着。吃完了午餐，看雨依旧密密地下着，我又没带伞，便在亭下避雨，闲来无聊，趴在售货窗口，看亭子里面都卖些什么报纸杂志。花花绿绿的杂志封面，首尾衔接，密密麻麻摆满亭子四壁的上上下下，媚眼四抛，和我们的报刊亭没有什么两样。忽然，看见在杂志的下面挂着一串邮票。邮票很小，那一串邮票不过四五枚，不过如一串小小的风铃花，在四周五彩炫目的杂志的包围下，不注意看，几乎不会被发现。因为喜欢集邮，到哪儿去尤其是到国外，都不忘买几枚纪念邮票，这一串小小的风铃花，被我一眼看见，便不是什么奇怪的事情。正所谓你心里关注着什么，眼睛里就会看到什么，就像你的腿受伤了，拄着拐杖，走在大街上，你会看见拄着拐杖的人好像一下多了起来。

关键是我不仅看见了那一串邮票是纪念邮票，而且，我看见其中一枚是苏联1953年发行的纪念作家马雅可夫斯基的邮票。邮票上马雅可夫斯基的半身像，是那样熟悉，这枚邮票，在《世界邮票总目录》上看见过，是为纪念马雅可夫斯基诞辰六十周年，早就想买呢。那时，儿子收集世界各国和动物的邮票，我的兴趣在世界作家和音乐家的邮票。买邮票，找邮票，查邮票，摆弄邮票，成为那一段时间我们父子间最重要的交流，乐趣便也在其中。这枚意外相见的马雅可夫斯基的邮票，让我像打了鸡血一样，一下子兴奋了起来，让阴雨绵绵的莫斯科有了亮色和光彩。

开始，我以为报刊亭的主人是中午休息，找地方吃午饭去了，心想一会儿就会回来的。谁想，过了午休的时间好久，还没有回来。已经等了那么长时间了，就再等一会儿吧。又过好久，还是没见人影，只有"马雅可夫斯基"挤在亭子里面和我面面相觑。我还是有些不甘心，就这样离开，下一次再来莫斯科，不知要到猴年马月，而且，即使能来，还能不能够碰上"马雅可夫斯基"，也是两说呢。就又等了下去，反正雨也没停，我也没有什么事，索性就算是在这儿避雨，看看街景吧。我便倚在报刊亭的窗前，耐心等候，等候亭子的主人（不知是男是女，猜想是位玛达姆）的到来，等候"马雅可夫斯基"的出来。

可是，就像等待戈多一样，始终没有等到。雨一直不停，不大不小地下着，雨水顺着亭子边的排水管哗哗地流淌着，顺着管口哗哗地流淌到街上。起初，我并没有听到排水管的雨声，等待的时间越长，这声音哗啦啦地越发响了起来，响得像一阵接着一阵的小鼓在敲，让人心里发躁。

那一天，从中午快等到黄昏，想象中的玛达姆也没有到来，想念中的"马雅可夫斯基"也没有出来。雨小了，我只好走了。

都说流年似水，往事如烟，极其容易逝去得无踪无影。但有的事情虽然很小，却容易在偶然之间如焰火被瞬间点亮，提醒你不要淡忘。在莫斯科和"马雅可夫斯基"相遇而不得的情景，便是这样。其实，我对"马雅可夫斯基"并非真的那么感兴趣，真正感兴趣的是那时和儿子一起集邮。不过，儿子的集邮和我一样，也是到上中学时无疾而终。他几乎攒全世界上每个国家的一枚邮票，那些各国的动物邮票，以及我的那些作家、音乐家的邮票，都已经放在柜子里多年，任其尘埋网封。在莫斯科和"马雅可夫斯基"相遇而不得的情景，再次浮现眼前，是前不久偶然读到马雅可夫斯基的一首小诗，题名《你是否能够》，诗的最后两句：

而你

是否能

用排水管充作长笛

吹奏一支夜曲？

我立刻想起了莫斯科那个报刊亭的排水管，不觉哑然失笑。笑自己当初倚在亭边听排水管哗哗的雨声时，可没有想到它可以充作长笛；现在，会不会笑自己当时的等候有点儿傻呢？

2020 年 6 月 21 日夏至于北京

通向护城河的小路

　　俄罗斯诗人茨维塔耶娃在谈到她自己的创作时说："阅读就是对写作的参与。"我信。对于写作者，读别人的书，总会情不自禁地和自己的写作相关联，用书中的水浇灌自己的花园。

　　每一个人的生活都是芜杂的，甚至搅成一团乱麻，有很多场景、人物、细节，一直处于昏昏沉睡状态。在阅读的过程中，看到书中的某一处，某一点，忽然让你感到似曾相识，进而让你立刻想起自己的这些人物场景或细节的一点一滴，便像一下子捅到你的腰眼儿上，让它们从沉睡中惊醒，从遥远处走来。写作的过程，就是一个被发现的过程，一个被唤醒的时刻。

　　那天，我读法国作家纪德的自传，看到他写了这样一段："在溜达的时候，我们像做有点幼稚的游戏，假装去迎接我的某个朋友。这位朋友大概在很多人之中，我们会看见他从火车上下来，扑进我的怀抱，嚷道：'啊，多么漫长的旅行！我还以为永远见不到了呢。总算见到你了……'但都是一些与我无关的人从身边流动过去。"

记忆在读到这里的时候被唤醒，我立刻想起了那条通向护城河的小路。

那条小路，离我家不远，出大院，往西走不了几步，穿过一条叫作北深沟的小胡同就是。小路是土路，前面就是明城墙下的护城河，河水蜿蜒荡漾，河边有垂柳和野花。沿着这条小路往西走不到一里，便是北京的前门老火车站。1959 年，新北京火车站没有建成之前，绝大多数进出北京的客车都要从这里经过。即使新火车站建成以后，这里还是货车站，好多年，货车依然要在这里进出。护城河的对岸，常常可以看见停靠或者驶出开进的列车，有时车头会鸣响汽笛，喷吐白烟，让这条清静的小路一下子活起来，有了蓬勃的生气。

我常一个人走在这条小路上，一直走到河边，然后沿着河边往西走，走到火车站。我像纪德所说的那样："假装去迎接我的某个朋友。这位朋友大概在很多人之中，我们会看见他从火车上下来，扑进我的怀抱……"

其实，并不是朋友，而是我的姐姐；不是扑进我的怀抱，而是我扑进她的怀抱。

我五岁的时候，姐姐离开北京，到内蒙古修铁路，每年探亲，都是从这里的火车站下车回家的。只是，姐姐每年只有一次探亲假，我便常常一个人走在这条小路上，幻想着姐姐会突然回来，比如临时的出差，或者和我想念她一样也想念我了。她下了火车，走出车站，走在这条回家的必经之路上，我就可以接到姐姐了，给她惊喜，扑进她的怀抱。

在我读小学之后，一直到小学毕业，我常常走在这条小路上，假装去迎接姐姐。尽管一次也没有接到过姐姐，但不妨碍走在这条小路上时的心情荡漾，即便是假装的，却是充满美好的想象，让思念的心情，像鸟有了一个飞翔的开阔的天空。这一份假装和想象，便被一次次这样的美好的色彩涂抹得五彩缤纷，伴随我度过整个的童年和少年。

读高中的时候，我和一个女孩子要好，我们是小学同学，也是住对门的街坊。懵懂的情感，尽管似是而非，却也因其朦朦胧胧而变幻得十分美好。那时候，几乎每个星期六下午放学回家之后，我都会偷偷跑出大院，穿过北深沟小胡同，走到这条通向护城河的小路，走到护城河边，然后一直往西走，走到前门火车站。那时候，22路公交车的终点站，在火车站前的广场上。我的这位女同学住校，每个星期六的下午，要从学校坐车到这里下车回家。这条小路，是她回家的必经之路。

走在这条小路上，如果碰见熟人，我会装作若无其事的样子。离火车站越来越近了，人渐渐多了起来，我也像纪德所说的那样："假装去迎接我的某个朋友。这位朋友大概在很多人之中……"当然，不会看见她从火车上下来，而是从22路公交车上下来。当然，更不会扑进我的怀抱，只要看见她，向她招招手就行。

可是，高一到高三毕业这三年中，无论在这条小路上，还是在22路公交车站旁，我从来没有接到过一次她。但是，就像我从来没有接到过一次姐姐一样，并不妨碍假装接到她的那一份美好的想象，还有由此带来看到她脸上现出意外惊喜时我们彼此美好心情的绽放。

读完纪德这本自传，我专门回了一趟小时候住过的那条老街。老街还在，老北京火车站还在，变成了火车博物馆。老火车站前的 22 路公交车站不在了，我们的老院不在了，北深沟的那条小胡同不在了。护城河也不在了，护城河边的明城墙也不在了，那条通向护城河的小路更不在了。

老街在就行，老火车站在就行。我照着小时候也照着纪德所说的那样，沿着老街一直走到老火车站，"假装去迎接我的某个朋友。这位朋友大概在很多人之中，我们会看见他从火车上下来，扑进我的怀抱……"

真的，她们真的就从火车上下来，扑进了我的怀抱。

2020 年 6 月 3 日于北京

图书馆的名字

　　哥伦布市虽然叫作市，其实是比一座小镇还要小的袖珍城镇。它位于美国中部印第安纳州的腹地，很少有外来游客到来，安静自得，犹如世外桃源。全城的人口不过四万，这样稀少的人口密度，比北京的一个社区住的人都少，想不安静都不行。

　　哥伦布市的第五街上，有一座红色矩形的图书馆，是贝聿铭设计的作品，简洁爽朗的线条，和四周古典式的建筑对比得现代感很强。门前的广场上，矗立着名为"拱门"的青铜雕塑，同样出自名家，是亨利·摩尔的作品，与图书馆对视，一红一绿，别有一番寓言意味。

　　这座图书馆是哥伦布市的新图书馆，1969 年建成，从而替代了 1899 年的老馆。新馆起的名字叫作克利奥·罗杰斯（Cleo

Rogers）图书馆，以人名命名，这个人应该有些来头。

走进图书馆，宽敞明亮的阅览大厅，书架林立，电脑齐整，沙发娴静，玻璃窗洒进温煦的阳光，墙壁上有各种装饰画，一角设有哥伦布市有名的建筑图片介绍。别看哥伦布城小，却有六十多座建筑，都是全世界包括埃利尔·沙里宁、贝聿铭、凯文·洛奇在内著名设计师设计的艺术作品，学校、医院、消防、邮局、公交车站，甚至连停车场和监狱，都出身名门，为自己的独家名师所设计。也许是我看得不仔细，在图书馆里，我没有找到关于这个克利奥·罗杰斯的介绍。

回到住所之后，从图书馆借来一本美国小镇丛书中《哥伦布市》的小册子，终于找到了克利奥·罗杰斯这个名字。原来他是图书馆的一名管理员，在哥伦布市的老图书馆里工作了二十八年，直至 1964 年五十九岁时候去世。五年之后，出资请来贝聿铭设计并建造这座图书馆的，是哥伦布市的康明斯公司的老板欧文·米勒。图书馆并没有如我们这里的很多建筑以出资人的名字命名一样，冠以欧文·米勒的名字。它只是以一个普通的图书馆管理员的名字来命名。我不知道，这个世界上众多的图书馆，还有没有和这座图书馆一样，也是以一名图书馆管理员的名字来命名的。我对这座图书馆怀有深深的敬意和感动。

　　读完这本《哥伦布市》的小册子，我在想，如果这座图书馆的名字，不是以克利奥·罗杰斯的名字来命名，而是以出资人欧文·米勒的名字，或以设计者贝聿铭的名字来命名，还会让我感动吗？我想起李宗盛在《真心英雄》里唱的那句歌词："灿烂星空，谁是真的英雄，平凡的人们给我最多感动。"是的，一个普通平凡的图书馆管理员，以自己的半生时光，默默地奉献给了图书馆，图书馆以这样的方式回报他，把他的名字镶嵌在图书馆的门额上，让他的名字和时光一起流传，让逝去的平凡岁月有了清澈而温暖的回声。这是对普通人劳动最美好、最真挚的尊重。这个世界上，并不只是那些成功人士，如功成名就的艺术家、发了财的老板，可以占据岁月光鲜耀眼的位置，李宗盛的歌唱得好，平凡的人们给我最多感动。

　　回过头来，再看看这座克利奥·罗杰斯图书馆，会为其设计和周围建筑布局的匠心独运所赞叹。门前的广场，已经成为如今哥伦布市的中心。图书馆对面，是 1895 年建的老市政大厅，砖红色的古典建筑；旁边是 1942 年建的第一教堂，现代建筑师鼻祖芬兰设计师埃利尔·沙里宁的作品，米黄色的不对称建筑，号称美国的第一个现代派的教堂，不仅是哥伦布市也是全美标志性的建筑；图书馆的东边，是哥伦布市最老的欧文花园旅店，建于1864年，深棕色错落有致的楼体和意大利式的古典花园，是这里现存的最老的建筑之一。这三座建筑和最晚建于1969年的图书馆，呈稳定的四边形状态，彼此对峙，相看不厌，构成哥伦布市历史的连接线，让哥伦布市如同一棵大树，四座不同年代的建筑，呈现不同的年轮，逝去的岁月，一下子变得看得见、摸得着了。你会感到，在哥伦布市一百多年的历史中，普通人完全可以成为主角之一，是这条历史长河中的一朵清澈的不可或缺的浪花。建筑不过是凝固的历史，是人的精神和形象的一种外化——克利奥·罗杰斯图书馆就是代表。

四面有风，广场上扑面而来有花香浮动。正是玉兰、海棠、丁香和紫荆花开的季节。

2018年6月27日于北京

四块玉和三转桥

四块玉，是元曲曲牌中的一个名字，也是一个北京胡同的名字。作为胡同，这个名字在明朝就存在。四块玉是一条很老的胡同。当初，为这条胡同起名字的时候，是不是想起了元曲曲牌"四块玉"这个名字，只能是一种揣测和联想了。

我对四块玉这条胡同一直充满感情。二十世纪九十年代，我的儿子上小学四年级。他在光明小学读书，放学回家，抄近道，就是走西四块玉胡同。那时候，他刚刚学会骑自行车，骑得正来劲儿，特别愿意在这样弯弯曲曲的胡同里骑车，"游龙戏凤"般显示自己的车技。一天下午放学，在西四块玉胡同一个拐弯儿的地方，看见前面走着一位老太太，他的车已经刹不住了，一下子撞上了老太太。老太太倒没有被撞倒，老太太手里提着的一个篮子，被撞倒在地上，篮子里装满刚刚买来的鸡蛋，被撞碎了好几个。

孩子下了车，知道自己闯下了祸，心里有些害怕，除了一个劲儿地道歉，不知如何是好。老太太一看，是个孩子，把篮子拾起来，没有责怪他，只是对他笑笑，嘱咐他骑车要小心，就挥挥手让他走了。

那一年，孩子十一岁。这位老奶奶对他印象和影响至深。以后，对他人需要善意和宽容，让孩子格外在意。以后，每一次走进四块玉胡同，他都会忍不住想起这位老奶奶，而且，不止一次地对我说起这位老奶奶。

三转桥，也是北京的一条胡同的名字，没有四块玉好听。相传它有一座汉白玉的转角小桥的，但和四块玉无玉一样，它并没有桥。桥和玉，都只是它们的幻想。它离四块玉不远，在四块玉的东边。

三转桥离我就读的汇文中学不远。读高三那一年，我才学会骑自行车，比儿子晚了八年。有一天中午，我借同学的自行车骑车回家吃午饭。回学校穿过三转桥的时候，撞上一个小孩，把小孩撞倒在地上。我赶紧下车，扶他起来，倒是没有撞伤，但是，孩子的裤子被车剐开了一个大口子，孩子一下子就哭了起来。我忙哄他，问他家住在哪儿，就在附近不远，我把孩子送回家。一路走，心里沉重得像压着块大石头，毕竟把人家孩子撞倒了，把人家孩子的裤子撞破了。家里，只有孩子年轻的妈妈在，我向她说明情况，一再道歉，听凭发落。她看看孩子，对我说：没事，快上你的学去吧，待会儿我用缝纫机把裤子轧轧就好了！她说得那么轻巧，一下子就把我心里压着的那块石头搬走了。

我常想，我和儿子的成长道路上竟然有着这样多的相似。或许，是我们遇到的好人实在太多，让我和儿子都相信这个世界上尽管沙多金子少，但好人还是多于坏人的，善良多于邪恶的，宽容多于刻薄的。

我常想，如果当初那位年轻的母亲，不是说了那样轻松的话，就把我放走，而是非要让我赔她孩子的裤子的话，会是一种什么样的结果呢？同样，如果当初那位老奶奶，即便不是讹孩子，像现在常见的"碰瓷儿"的老人那样倒在地上，非要他送她到医院，再找上家长赔一笔钱，而只是让他赔鸡蛋，又会是一种什么样的结果呢？

对于一个孩子，对这个世界和这个世界上的人与事的认知和理解，也许就会大不一样了。这个世界上，存在着恶，也存在着善；人和人之间，存在着怀疑，也存在着信任。普通人应该是本能的善多一些，信任多一些，而如今普通人身上的善和信任，却被恶和怀疑挤压如茯苓夹饼里的馅。或许对于我们大人，一切都已经见多不怪，对于一个孩子，这样的凡人小事，却常常是他们进入这个世界的通道，从而见识到人生，以为世界和人生就是这样子的。他遇到的这位老奶奶和我遇到的那位年轻的妈妈，让这个世界充满爱，不再仅仅是一句唱得响亮的歌词，而是如一粒种子，种在了我们的心头。对于我，时间已经是五十年过去了；对于孩子，时间已经是二十五年过去了；这位老奶奶和这位年轻的妈妈，一直没有让我们忘记。这粒种子生根发芽长叶，至今仍在我们的心中郁郁葱葱。

　　四块玉和三转桥，像古诗里的美丽的对仗，便一直让我们对它们充满感情。

　　　　　　　　　　　　　　　　2015 年 5 月 9 日于北京

到天堂的距离

　　第一次读美国女诗人狄金森的诗，随手翻着书，像是占卜，翻到哪一页就是哪一页，翻到的是这样的一首：

　　到天堂的距离

　　像到那最近的房屋

　　如果那里有个朋友在等待着

　　无论是祸是福

　　这几句短短的诗，便再也没有忘记。是湖南人民出版社1984年版的《狄金森诗选》，灰绿色的封面。好诗，就像是漂亮的姑娘，留给人的印象总是深的。

到天堂的距离真的就是那样近吗？只要那里有个朋友在等待着？

　　当时，我这样问自己。我的答案是肯定的。狄金森说出了我心里的话。

　　那时，我有一个朋友，他和我都在中学里当老师，我们都刚刚从北大荒回到北京。常常就是这样，有事没事，心里高兴了，心里烦恼了，都会相互地跑过来，不是我到他家，就是他到我家，不管是刮风，还是下雪，骑着一辆破自行车，跑了过来，远远地看见了屋里的灯光亮着，就会觉得那橘黄色的灯光像是温馨的心在跳动，朋友——不管对于我，还是对于他——都正在屋里等待着呢。

　　我们聚在一起，其实只是聊聊天，无主题地聊天，却曾经给予我们那样多的快乐。那时，我们都不富裕，唯一富裕的是时间。那时，我们哪儿也不去，就是到家里来聊天，其实是因为我们衣袋里实在"兵力"不足，不敢到外面去花费。一杯清茶，两袖清风，就那样地聊着，彼此安慰着、鼓励着，或者根本没有安慰，也不鼓励，只是天马行空天南地北地瞎聊，一直聊到夜深人静，哪怕窗外寒风呼啸或是大雪纷飞。如果是在我家，聊得饿了，我就捅开煤火，做上满满一锅的面疙瘩汤，放点儿香油，放点儿酱油，放点儿菜叶，如果有鸡蛋，再飞上一圈蛋花，就是最奢侈的享受了，那是那段日子里我拿手的厨艺。围着锅，就着热乎劲，满满的一锅，我们两个人竟然吃得一点儿不剩。

其实，现在想想，那时候我们在一起聊天中所包含的内容，也不见得多么的高尚，并不是将精神、将感情、将心中残存的一分浪漫，极其认真而投入地细针密线缝缀成灿烂的一天云锦。虽然到头来做不成一床鸳鸯被面，毕竟也曾经闪烁在我们的头顶，辉映在我们的心里，迸发出一点儿星星的光芒，让我们眼前不曾一片漆黑。

我们也没有如现在的年轻人一样，讲究一番设计和规划乃至包装，让未来的日子脱胎于今日，让投入和产出成一种正比上升的函数弧线，或者借助我们的关系滚雪球似的再发展一张新的关系网。没有，我们只是以一种意识流的聊天方式、以一种无知般的幼稚态度，以一种乌托邦的放射思维，度过了那一个又一个只有疙瘩汤相伴的日子。如果按照现在的标准，我们是颗粒无收，不仅浪费了时光，也浪费了赚钱和升迁的机遇。

但是，我依然想念那些个单纯的、只有疙瘩汤相伴的日子。我们心无旁骛，所以我们单纯，所以我们快乐；我们知足，所以我们自足，所以我们快乐。

　　夜晚，我盼望着他到我家里来，同样，他也盼望着我到他家里去。那时，我们没有电话，没有手机，没有金钱，没有老婆，没有官职，没有楼房。但是，那时，我们真的很快乐。往事如观流水，来者如仰高山，我们只管眼前，相互的鼓励，彼此的安慰，并不是如今手机短信巧妙编写好的短语，也不是新年贺卡烫金印制上的警句，更不是像现在一样，靠电话靠"伊妹儿"。我们只是靠着最原始的方法，到对方的家里去，面对面，接上地气，接上气场，让感情贯通，让呼吸直对呼吸。我们只是心有灵犀一点通，谈笑之中，将一切化解，将一切点燃。

　　记得有一次，我去他家，他正因为什么事情（大概是学校里的工作安排）而烦恼不堪，低着头，闷葫芦似的，一句话也不说。我拉着他出门骑上自行车，跟我一起回家。一路顶着风，我们都没有说话，回到家，我做了一锅疙瘩汤，我们围着锅，热乎乎地喝完，他又开始说笑起来，什么都忘了，什么也都想起来了。

我的母亲突然去世，记得有一次，想起母亲在世时的一桩桩往事，想起自己年轻时候的不懂事而让母亲伤心，我正在悲痛欲绝而渴望有一个可以向他倾诉的人。怎么这么巧，他推门走进我的家，像是知道我的渴望一样。他就那么安静地坐在我的面前，听我的倾诉，一直听我陈芝麻烂谷子地讲完。他没有安慰我，那时候，倾听就是最好的安慰。我连一杯水都忘了给他倒，他知道，那时候，我需要的和他需要的是什么。

什么是天堂？对于不同的人，这个世界上有不同的天堂。对于我们，这就是天堂。狄金森说得对：

到天堂的距离

像到那最近的房屋

如果那里有个朋友在等待着

无论是祸是福

二十年过去了，我现在想起这首诗，总忍不住想起另一个诗人的另一首诗，是诺贝尔奖的获得者爱尔兰人谢默斯·希尼，他这样写道：

你就像有钱人听到一滴雨声

便进了天堂

都是天堂，有的在有钱人那里，有的在有朋友等待的屋里。

天堂距离，哪个远，哪个近？

2006 年 11 月于北京

生命的平衡

《
扫
码
聆
听

轮椅二重奏

　　在天坛，见到轮椅上的病人或老人，比其他公园里要多。这大概因为天坛地处城内，交通方便，地铁五号线和公交车很多条线路，在这里都有一站。而且，公园除祈年殿、圜丘有上下台阶，其他大部分的地方是平地，林荫处也多，便于轮椅的行动、停靠和歇息。

　　但是，北海公园也在城内，交通也很方便，大多也是平地，为什么见到的轮椅比天坛的要少许多？再一想，便是天坛四周遍布居民区，密密麻麻的，像是千层饼一样，紧紧包裹着天坛。自然，附近的人们到天坛方便，甚至不过是一条马路之隔。即使各自家住得拥挤乃至憋屈，但到这里来宽敞无比，可以一舒胸臆，便把天坛当成了自家的后花园。坐轮椅的老人或病人，到天坛来晒晒太阳，转转弯，散散心，呼吸呼吸新鲜空气，是最好的选择。

我在天坛发现这一现象，每逢看到轮椅从身旁经过，都会格外注意看几眼，心里会不禁感慨，这是生活在天子脚下的福分。

秋日午后的暖阳下，我坐在西天门里的甬道北侧。我爱坐在这里画画，对面浓郁的树荫中，隐隐约约能看到斋宫的外墙，景色不错，适宜入画。

身边来了一位坐轮椅的老爷子，是位中年妇女推他过来的。老爷子好奇地看我画画，和我聊了起来。那女人对老爷子说了句：您先在这儿聊，我去那边，待会儿回来。说罢，转身沿着长椅后面的一条小路走去，不远处，白色的藤萝架下，有人头攒动。

老爷子指着女人的背影对我说：我闺女，每一次来，把我撂在这儿，她都上那边去，那儿有熟人，有话说。然后，他笑了笑，又说：整天伺候我一个糟老头子，她说话，我腻烦；我说话，她不爱听，嫌我啰唆。树老根多，人老话可不就多呗！

老爷子爱说话，我乐意听，他显得很兴奋，对我说：不耽误你画画呀？

画画本来就是搂草打兔子的事，不碍事的！

老爷子的话匣子打开了。我也听明白了他大半生的轨迹：今年 79 岁，老家在房山农村，二十世纪六十年代入伍当兵，因为射击打浮靶是全师独一份的优秀，立了三等功，破格入党提干。复员到北京城里一家二商局下属单位当党支部书记，管着下面好多家副食品商店。后来，超市发达，副食品商店纷纷倒闭，人员下岗的下岗，转行的转行，买断的买断，他是老资格，被调到公司的工会，是闲差，干了没几年，退休，每月拿五千多元的工资。退休没多久，老伴得病去世，前几年，自己过马路被一辆小汽车撞折了腰，如今只能坐在轮椅上了。

我对老爷子说：您够倒霉的！

老爷子摆摆手说：倒霉的不是我，是我这闺女！他冲藤萝架指了指。

老爷子有三个闺女，这是大闺女，今年五十一。二闺女和三闺女，比她小十来岁，上学的时候学习成绩都比她好，后来都考上了大学，结婚之后的日子都比她强。

我们这个老大，不好好学习不说，还早早就搞上了对象。

搞对象也不说，非得搞个外地的；搞个外地的也不说，还没有工作。你说让人头疼不成？没办法，我豁出老脸，找人说什么也得给他安排个工作呀。可你不知道，我这个大闺女没考上大学的时候，我已经豁出过一回老脸，求人家给她安排一回工作了呀！你说我的这脸得有多大吧！幸亏人家觉得我资格老，给我面子，把他又给安排在副食店工作了。谁想到呢，副食店不景气，两口子早早买断下岗，每月那点儿工资，都不够交房租的。这不，他们的孩子要结婚，没房子住。他们两口子把房子给孩子结婚，跑到我这儿住来了，说是可以照顾我。倒也是，每天推我到天坛来转一圈。

我问老爷子：您那两个闺女呢？

那两个闺女，每月来家看我一次，每次一人给我一千块钱。我瞒着她们两人，把这钱都给了大闺女了，每月再从我的工资里拿出两千块钱也给她。我那老闺女后来知道了，我以为她会不高兴，甚至不再给这一千块钱了。谁想她只是对我说了句好肉不疼赖肉疼。可你说怎么办呢？我在，每月还有五千块钱的退休金，我要是一走，你说他们两口子可怎么活呀！让他们两口子存点儿呗。好肉用不着疼，自有人稀罕，疼的可不就是赖肉呗。

说着话，大闺女回来了，对老爷子说了句：今儿说痛快了吧？不早了，咱回家吧！还得给您做饭呢！

她推着老爷子走了。轮椅消失在树荫中。树上已经有不少叶子变黄了，灿烂的阳光下，像打碎的金子，散落在枝丫上闪着光，有些刺眼。

有一天下午，我还是坐在西天门里的甬道旁的长椅上，忽然，发现有好多轮椅，像约好了似的，陆陆续续聚集在这里。秋日的暖阳温煦，透过树叶洒下来斑斑点点的光，打在他们的身上和轮椅上，勾勒出明亮的光影轮廓。

他们当中，有极个别是自己摇着轮椅来的。大多数是有人推着轮椅来的，推轮椅的人，有的是自己的家人，有的是雇来的保姆。他们都很熟，见了面，就有说有笑地打着招呼，家长里短地聊了起来。显然，他们常到这里来。天坛成了他们的公共客厅。

一个小伙子俯下身来，对轮椅上的老爷子说了句话，便走到我这里来，见我长椅边上空着，便坐了下来。我打量了他一下，三十多岁的样子，个子不高，眉清目秀。我问他：你是老爷子的……?

小伙子说:我是他的护工。

这让我有点儿奇怪。这样推轮椅出来遛弯儿,一般请的是保姆,做家务之余,捎带脚就把这活儿干了,没听说专门请护工的。保姆是月薪,护工是每天算工钱的,费用要高很多。

小伙子看出了我的疑惑,对我说:老爷子在医院做的大手术,我就是医院指派给老爷子的护工,在医院住了半个多月,老爷子看我对他护理得不错,很满意,出院的时候,要我跟着他回家继续做护工。

我说:护工是按天算钱,老爷子得花多少钱啊!

小伙子说:老爷子不差钱,他有两个儿子,一个在国外,一个在北京,都是自己开公司当老板,都有钱。老爷子的老伴身体不大好,但老两口都是干部,退休金拿得也不少。

我问他:现在护工是怎么个价码?

他告诉我:我们现在都归公司管,医院和我们公司有联系,需要护工,就打电话给公司,公司派人,每人每天公司收费是二百六十元,给我们护工是一百九十元。

公司扣了七十元,相当于你们工钱的四分之一还多。

在北京能找到这活儿，就算不错的了。一个月下来，能挣五六千，还管吃管住，干得好，老爷子满意，私下还给点儿钱。

小伙子说得实在，我对他说：你能找到老爷子这样的人家，是福气！

小伙子连连点头说：是！是！老爷子是个好心人，待我不错。住院的时候，他跟你一样，也问我挣多少钱，知道公司没有给我们上三险，要我自己花点儿钱，也一定上三险，我也不懂，他就仔细地告诉我为什么要上三险、怎么上三险，挺关心我的。

看来，他们相处得不错。不是所有的病人和护工，都能相处成这样的。雇佣的关系中，钱成了唯一的纽带和润滑剂，人与人之间的感情变得很淡。由于病人及其家属和护工的地位不同乃至悬殊，想法和做法便不尽相同，暗中揣着各自的小九九，甚至矛盾爆发，最后闹得不欢而散。

那边，老爷子和人聊得正在兴头上，小伙子和我也越聊话越多。我知道了，老爷子家就住天坛附近，天气好的时候，他下午这时候就推老爷子到天坛里，和大家伙聚聚，海阔天空一通聊，比在家里憋闷要好，这成了老爷子每天的必修课，甚至是一剂特殊的良药。

到天坛来的附近退休的老头儿老太太，是分成一拨一拨的。小伙子对我说起他推老爷子来天坛时自己的发现。

我对他说：是吗？说说看！

锻炼身体的是一拨，一般聚在东门的体育场；跳舞的是一拨，一般聚在北门的白杨树下；扔套圈的，一般在长廊西边的树下；拉琴唱戏的是一拨，一般在柏树荫下；偶尔聚会连吃带喝带照相的，一般在双环亭……坐轮椅的，一般是下午这个点儿，就到这里来聚聚了。

小伙子这样对我说，对自己的说法很有些得意，这是他推老爷子到天坛来搂草打兔子的额外收获。

他说得确实如此，好在天坛地方大，让大家各得其所，各找各的乐儿。我想，这样一拨一拨自然而然地形成，倒不见得是人以群分、物以类聚，除了喜好，更主要是年龄和身体，特别是到这里来的轮椅上的老人，更是彼此同病相怜，没有别处大小圈子的地位与名声等因素的约定俗成，或人为的刻意为之。病，消弭了这些东西，除了轮椅的成色和价位不大一样，轮椅成为了相对平等的象征。特别是从生死线上归来的老人，一下子看到了人生的终点近在眼前，坐在轮椅上的感觉，和以前坐在沙发上，或者坐在摆着座签的主席台上的感受，是大不一样的。轮椅，更是帮助大家减轻了金钱欲望的分量，消除了身份认同的焦虑，甚至降低了对远水解不了近渴的孩子的期待。坐在轮椅上，大家显得一般高了，个子高的，个子矮的，都看不大出来了，大家平视，远处高高的祈年殿辉煌的蓝瓦顶，是看不见了。看不见了，也没什么，大家一起聊聊，能有别处找不到的开心，以及病痛与衰老中的惺惺相惜。

小伙子推着老爷子常到天坛来，老爷子高兴，他也省心，可以坐在这里休息休息，看看风景，胡思乱想。来北京这么多年，如果不是给老爷子当护工，他还从来没有来过天坛呢，也从来没有想过到天坛来转转。

小伙子告诉我，他今年四十六岁了。这让我没有想到，吃惊地说：你哪儿像这么大岁数，我以为你三十多一点儿呢！

他对我说：我都俩孩子了，老大二十，老二都十三了。

真看不出来！

小伙子是河南驻马店人，在北京干护工已经干了七年，疫情闹的，已经一年多没回家了。想回家，又怕回去回不来了。

不管怎么说，在北京干护工，比在老家挣钱多，一家人都靠着他挣的这些钱呢。

他对我说完这番话，轻轻地叹了口气。

老爷子挥着手，在招呼他。他站起来，朝老爷子那边走去，透过树木枝叶的阳光，打在他的身上，逆光中，地上留下长长的暗影，和斑驳的树影交织在一起。

2022 年 10 月 23 日于北京

三角梅

今年国庆节前，从西天门通往祈年殿的大道和丹陛桥两旁，摆上好多盆三角梅，成为天坛最为鲜艳夺目的花季，比祈年门两侧每年一度的菊花展还要壮观。

前几年国庆前后，天坛也放置这样壮观的三角梅，几乎成了天坛国庆的标配。这些三角梅，被工作人员培植得枝干越发粗壮，简直像一株株童话的树木。玫瑰色的花瓣不大，却开得特别张扬，密密地布满枝头叶间，色彩艳丽得像她们奔放不羁的心情，微风拂过，犹如万头攒动的紫蝴蝶飘然垂落。如果站在丹陛桥下的台阶上，往西望去，花团锦簇，像腾起玫瑰色烟雾，再远处的砖红色西天门，都显得色彩有些暗淡。

国庆节前，为看三角梅，我去了一趟天坛；国庆节后，我又去了一趟天坛，还是为看三角梅。这几天降温，还下了雨，刮了大风，担心三角梅会败落很多，没想到，开得依旧旺盛。和我一样来看三角梅的人，依然很多，不少人在花前拍照。

从丹陛桥下，往西走，大道两旁的长椅上都坐满了人。一直快走到西天门，才看见一个长椅上，独坐一位老爷子在闭目养神，只好问可不可以在他旁边坐下。他客气地一伸手，说了声请！我便坐下，掏出笔本，画面前的三角梅和花前照相的一对情侣。

他瞥了我一眼，没有说话。待我画到一半，三角梅刚在纸上开放出来的时候，他对我说了句：画三角梅呢！

我忙点头称是，说道：画着玩！

他没有接我的话茬儿，也没有再看我的画，接着闭目养神，似乎在想着心事。停顿半天，忽然冒了句：三角梅！好像不是对我讲话，像自言自语。这让我有些好奇，合上画本，望了望他。

他看见我在望他，微微一笑，摇了摇头。

我小心地问：您怎么啦？

没事！他又摇摇头，用手指指我的画本，又指指前面的三角梅的大花盆，重复说了句：三角梅！

三角梅，怎么啦？

我猜想，三角梅肯定让老爷子想起了什么，好奇心，让我追问道。

老爷子看出了我的心思，对我讲起了他与三角梅的一段往事。

疫情暴发前两年，老爷子的儿子在一个高档社区买了一处二手房。之所以动心并果断买房，是因为比同样的房子便宜了二十多万。一楼三居室，房后带一个小花园，花园开有一门，可以经过花园直通房内。儿子很满意，当场决定下手。房东是位老太太，对老爷子的儿子说：我只有一个要求。"什么要求，您说！"

老太太拉着他走出花园门，紧靠门的篱笆前放着一辆酒红色的老年代步车，车的四周被密密的三角梅包围，三角梅不高，长在不大的花盆里，正开着鲜艳的花。老太太指着车和三角梅，对他说：这车和这花，我请你能一直保留，到时候替我浇浇水，保养保养，如果冬天下雪，搬进屋里去。

老爷子的儿子有些奇怪，看这一圈三角梅开得不错，但这辆老年代步车已经锈迹斑斑了，为什么不卖掉或处理它，还非要保留？

　　老太太说：这辆车是我家老头儿搬到这里来的时候买的。他一直想买辆车开，我对他说都那么大岁数了，买车干吗？他说有辆车出门买东西方便，还可以带上我到公园去转转。可我们原来的家住的地方窄，放不下一辆车。我们买的这房子也是二手房，地方宽敞了，停车没问题了，他就又提起买车的事。在我们家，大小事，一直都是我拿主意，拿定主意，他也就不再说什么了。只有买这辆电动车，他一再坚持，我心想，都过一辈子了，就让他也拿一回主意。二话没说，立马就买了车。谁想买了车的第二年夏天，老头儿心脏病突发，人就走了。

　　原来是这样。他望望老太太，正和老太太的目光相撞。他忙把目光错开了。

　　老太太接着说：当时，有好多人劝我说趁着车还挺新的，卖了吧。我不想卖，怎么说，老头儿活着的时候，是老头儿的一个抓挠；老头儿不在了，是我的一个念想。我就买了好多盆三角梅，把车围起来了。谁想到，第二年，花没有死，还能开。我家老头儿走了都快三年了，你看，这花开得还挺好的！

　　他明白了老太太的心思，连连点头说：您老人家放心，我一定好好伺候这车和这花。您什么时候想回来看看这车和这花，我保证它们还像现在一样好好的！

老爷子讲完了。我们都沉默了，沉默了许久。我的心里很感动，为那位老太太，也为他的儿子。面前那盆硕大的三角梅前，人来人往，来拍照的人很多。秋风中，三角梅薄如蝉翼的玫瑰色花瓣轻轻抖动着，梦一样，飘飘欲飞。

2022 年 10 月 17 日于北京

脆弱的朝珠

读中学时认识一位朋友，她的父亲是位珠宝商，英年早逝。小时候，父亲曾给她一个朝珠，不大，玉的，有一小孔，眼睛对准它看，里面竟然有一尊佛像，活灵活现，甚为神奇。只有这样一个小小的孔，那尊佛像是怎么雕刻进去的呢？她百思不得其解，视为珍宝，尤其是父亲过世之后，更是视之为父亲留给自己的一份爱。

可惜，这个珍贵的朝珠，被她不小心弄丢了。一晃，这已经是五六十年前的事情了。

前两天，她忽然用微信发我两张照片，各是一串珠串，下坠一枚圆珠，圆珠下垂着红线绳坠。她问我，知道为什么要发我这两张照片吗。

　　疫情闹腾了快三年，彼此没有见过面；很长时间了，也未有联系。突如其来的这两张照片，看得我一头雾水，我说不明白什么意思。她立刻问我，还记得我以前对你说过我父亲送我的那个朝珠吗？我说记得呀。她告诉我前些日子，网上一次日本回流国内物品拍卖会上，看见了这照片，一眼觉得和父亲给她的那个朝珠相似，当场拍卖下来。果如所料，从小孔看，里面有一尊佛像。不过，现在看，不过是微雕技术，并没有小时候觉得的那样神奇。

　　这话说得感情有些复杂，五六十年过去，前后是童年和暮年惊心甚至是残酷的对比。我对她说，如果仅仅是这样，没有了童年的神秘和想象，意思就大不一样了。她回答说，是啊！

　　一直到这里，我们的线上对话，还是正常的。紧接着，我说了这样一句话：失而复得的事和梦，我是不会去做的。我的意思，是想说过去的事情毕竟已经过去了，存在记忆里要好，毕竟此珠已非彼珠。我曾经不止一次说过：花落在地上，是不会像鸟一样重新飞上枝头的。没有想到，这样一句话，她不高兴了，立刻回复我说，这是一份父爱，我就这样做了，我愿意。

　　这话说得有些赌气，却也是真情。我感到我们的交谈出现了问题，当止则止才是。可是，我不知轻重地补充一句说：那珠子看上去像是塑料的！本还想说那红线绳坠未免太新，忍住没说。她立刻说珠子是玉的。我自知说错了，也说多了。她说她也是说多了。显然，话不投机，交谈戛然而止。

几十年的友情，因为一个朝珠，产生了隔膜。

检点一下，尽管知道朝珠的经历，它与她至今所维系的父女之情，毕竟没有那么感同身受。每个人对感情对生活的感受与处理方式不尽相同。我不应该以自己的方式说人家，并要求人家认同，说得有些隔岸观火，自以为是，轻飘飘了。

由此想到友情。人生三种感情：亲情、爱情和友情。亲情，尽管有因房产或遗产反目为仇的，毕竟连着血脉，打断骨头连着筋，牢靠于爱情和友情。爱情，出乎激情，充满想象，更有肌肤相亲；不过，激情易退，想象易失，肌肤相亲易老，更多有生活琐碎的摩擦与淘洗，并受制于婚姻的约束，在时间流逝中花容失色，是正常的。友情，则因没有血脉与婚姻的维系或约束，没有生活一地鸡毛琐碎的缠裹与利益的纠葛，更显得纯粹，而让人感动并感慨。当然，这里指的是亚里士多德所讲的"最完美的友情"。

不过，在亲情、爱情和友情三种感情中，友情没有血脉天然的维系，也没有婚姻契约的约束，便会更自由、更松散、更脆弱，常会不知所踪，便中途夭折，或渐行渐远，无疾而终。有管宁割席无奈的友情，也有克利斯朵夫和奥利维动人的友情，前者让人对友情悲观，即罗曼·罗兰说世上真正的朋友不会超过一两个；后者把友情美化如一天云锦，殊不知，晚霞所织就的一天云锦散后，就是暮色沉沉。

　　友情，有萍水相逢和一生一世的长短之分，呈现出友情美好的两个侧面。长久的友情，自然最为可贵，却也最为可遇而不可求。萍水相逢短暂的友情，却因没有生活具体羁绊和相互之间长久的摩擦，更能显示出友情彩虹一现的美好动人。

　　孔子在论述友情时讲"直、谅、多闻"三点。多闻，属于后天所得；直与谅，则更多属于天生的性格与性情所致。能够拥有长久友情，直与谅，更为重要。直，需要节制，有边界，并非无话不谈。如果蔓延出边界，不因自己的直而要求别人的谅；谅，因他人的直而要求自己能够有所谅。这样的直与谅，才会让友情持久。

　　这样的直与谅，需要友情保持一定的距离。过于密切，幻想如亲情和爱情一样亲密无间，友情便容易夭折。亲情，是从娘胎里流淌出的血液；爱情，是一天天琐碎日子里脚上走出来的泡；友情，缺少了直、谅与距离，则很容易如脆弱的朝珠。

2022 年 6 月 28 日于北京

找一棵树

　　花甲门前的甬道上，有两只白鸽，一只大点儿，一只稍微小点儿，正嘴对着嘴地亲吻。老远的地方，站着好几个人，拿着手机，纷纷在给鸽子拍照。人们似乎怕惊动鸽子，鸽子却旁若无人一般，噘着尖尖的小嘴亲吻着，很亲密、很投入、很享受的样子。真是可爱，难怪那么多人对着它们拍照，两只白鸽，简直成了舞台上众目睽睽的罗密欧与朱丽叶。午后的阳光，透过松柏的枝叶，洒在甬道上，反射出浓郁的绿色光斑，两只白鸽在树荫下，显得更加洁白如雪。

　　甬道的两旁，有好几个长椅。坐在我旁边的小伙子，看样子不到三十。他一直坐在那里看手机，我一直在画画，互不干扰，相对无言。但我看得出他的心情并不好，手指不断敲打着手机屏，偶尔抬起头看看，不知看什么，眼睛的焦点是模糊的、茫然的。甬道上那两只亲吻的鸽子，都没有引起他的注意。

四月上旬的天坛，二月兰开得像疯了一样，烂漫如水，四处漫溢。但是，甬道南侧的一片丁香，再前面的西府海棠，都还没有开。不知为什么，天坛里的花，比我住的小区里的花开得要晚。没有什么花开的四月，松柏荫下，显得有些忧郁，有点儿像这个小伙子的心情吧。

忽然，听见了人们轻轻的笑声。我和小伙子都抬起头，看见甬道上那只小点儿的鸽子扭动着身子，蹦着，跳着，追逐前面大点儿的鸽子。它终于追上了，伸出小嘴，又和大点儿的鸽子亲吻在一起了。在求吻呢！

小伙子忍不住也笑了。

我也笑了，指着两只鸽子，顺口对小伙子说了句：像人似的！

小伙子应了声：可不是！

就这样，我们两人聊了起来。萍水相逢的人，相识得快，一个话题，就可以如一点儿火星，点燃起一串鞭炮。更何况，北京人大多是自来熟，爱聊。不知什么个话茬儿，小伙子对我打开了话匣子。

他指着那两只鸽子，对我说起了他自己这样一件事。

三年前的秋天，别人给他介绍了个女朋友，认识没多久，彼此的感觉都不错，他约女朋友到天坛看银杏。北天门前的银杏叶，正是一片金黄最好看的时候。看完银杏，拍完照，他拉着女朋友走进了西边的柏树林。他心里蠢蠢欲动，揣着个小心眼儿，想找个僻静的地方，亲吻一下女朋友。他看出来，女朋友也有同样的心思，要不，不会让他牵着手，就往树林里走。他们走到一棵柏树下，那棵柏树枝叶纷披低垂，正好可以遮挡住他们的身子……

说到这儿，小伙子没再往下说，只是指指甬道上的那两只鸽子。我明白了，在那棵树下，他们可以畅快地亲吻了。

我忍不住笑了，忽然想起当年看过的一个苏联的话剧，演的是一对年轻人正在亲吻，列宁走了过来，看见了他们，他们也看见了列宁，忽然不好意思，列宁赶紧对他们说：你们继续，革命并不妨碍年轻人亲吻！当时，剧场里的观众都忍不住笑了。

小伙子见我笑，有些不解，以为我在笑他，不大高兴地问我：您是不是觉得我有点儿可笑？

我忙摆手，对他讲起刚才忽然想起的话剧这一幕。

　　小伙子听完也笑了，但我看出来了，是苦笑，便问他：怎么了？

　　他告诉我：您应该知道，从那次约会以后，没过多少日子，还没等到过春节，武汉疫情就暴发了，大家跟着也紧张了起来，过年都没敢出门。现如今，这都到第三个年头上了，断断续续，我和她见面越来越少，关系也越来越淡，到最后……他说着，一摊双手。

　　最后，小伙子告诉我，他今天休息，没事可干，忽然心血来潮，跑到天坛，想找找三年前两个人第一次亲吻时旁边的那棵树。可是，他没有找到。柏树林里的树太多了，有好多那样枝叶纷披低垂的柏树，他不知道是哪一棵了。

　　不知什么时候，甬道上的那两只鸽子，已经飞走了。

2022 年 4 月 21 日于北京

春雪邂逅

虎年立春过去一个多星期，忽然铺天盖地下了一场大雪。冒着大雪去天坛，衬着飘飞白雪，红墙碧瓦的天坛一定分外漂亮。没有想到英雄所见略同，和我想法一样的人那样多。想想，如今手机流行，拍照方便，人人都成了摄影家，趋之若鹜来天坛拍雪景的人，自然便多。

我坐在双环亭走廊的长椅上，这里平常人不多，今天也多了起来，多是在雪中拍照的。坐在双环亭里的人，几乎都是如我一样的老头儿老太太了，看年轻人在纷飞大雪中嬉戏，手机和相机像手中的宠物一样，在雪花中一闪一闪地跳跃。

坐在我身边的，也是一个老头儿。我来的时候他就坐在这里，大概时间久了，有点儿寂寞孤单，便和我没话找话聊了起来，方知道他比我小两届，1968 年老高一的，当年和我一样，也去了北大荒，是到了密山。北大荒，一下子让我们之间的距离缩短，其实，当时我在七星，密山离我们那里很远。

越聊话越密。他很爱说，话如长长的流水，流个没完。听明白了，他是来参加他们队上知青聚会的，同班的七个同学说好了，今天来天坛双环亭这儿聚会，拍拍照，聊聊天，到中午，去天坛东门的大碗居吃饭。当初，他们七个同学坐着同一趟绿皮火车，到北大荒后被分配到同一个生产队，别看回到北京后工作不一样，有人当了个小官，有人发了点儿小财，有人早早地下了岗……不管怎么说，七个人的友情，一直保存至今，从1967 年到北大荒算起，时间不短。

都快中午了，除了他，那六位一个都还没来。他显得有些沮丧，拍拍书包对我说：北大荒酒我都带来了，准备中午喝呢。咱们军川农场出的北大荒酒，你知道，最地道……

我劝他：雪下得太大了！

也是，没想到今儿雪下得这么大，你瞅瞅我们定的这日子没看皇历！他对我自嘲地苦笑，又对我说，好几个哥们儿住得远，今天这路上肯定堵车。

　　我忙点头说：那是！别着急，再等等。

　　大家伙儿都好多年没见了，本来说是前两年就聚聚的，谁想这疫情一闹就闹了两年多，聚会一拖再拖到了今天，又赶上这么大的雪！

　　这样的聚会，更有意义！我宽慰他。

　　这时候，他的手机响了。同学打来的，告诉他来不了。放下电话，他对我说：他家住得最远，清华那边的五道口呢！

　　又来了个电话，另一个同学打来的，嗓门儿挺大，我都听见了，也来不了，家里人非要拉他到颐和园拍雪景，人正在去颐和园的路上堵着呢。

　　少了俩了！他冲我说，显然有点不甘心，拿手机给另一个同学打电话，铃声响半天，没有人接。他有些扫兴，又给另一个同学拨通电话，这一回接通了，抱歉说来不了，实在没辙呀，这么大的雪，咱们改个日子吧！

　　他放下电话，不再打了。

　　坐了一会儿，突然，他站起身来对我说：这么大的雪，我本来也不想来的。我老伴说我，这么大的雪，再滑个跟头，摔断了腿……可我一想，今天这日子是我定的，天坛这地方也是我定的呀！

叹了口气，他又对我说：你说那时候咱们北大荒的雪下得有多大呀，比这时候大多了吧？那年冬天，一个哥们儿被推举上工农兵大学，给这哥们儿送行，在农场场部，包下了小饭馆，下那么大的雪，跑十几里地，不也是都去了吗？

我劝他：此一时彼一时了，兄弟，那时候，咱们多大岁数，现在又多大岁数了？

是！是！他连连称是。说着，他看看手表，站起身来，看样子不想再等了。

不再等等了？

他冲我无奈地摇摇头，背着书包走出了双环亭。

望着他的身影消失在白茫茫的大雪中，心里有些感慨，知青的身份认同，只在曾经同在北大荒的日子里；知青之间的友情美好，只在回忆中。知青一代毕竟老了，几十年的岁月无情，各自的命运轨迹已经大不相同，思想情感以及价值观，与北大荒年轻时更是大不相同。如果还能有友情存在，在五十多年时光的磨洗中，也会如桌椅的漆皮一样，即便没有磕碰，也容易脱落。热衷于聚会的知青，沉湎于友情的知青，是那么可爱可敬，只是，如此缅怀和钟情的纯粹友情，和如今纯粹的爱情一样，已经变得极其稀少。如古人王子猷雪夜远路访友，只能是前朝旧梦。

　　没有任何利害关系和欲求的纯粹友情，只能在我们的回忆里。在回忆里，友情才会显得那样美好。时间，为友情磨出了包浆。

2022 年 2 月 18 日

鱼和经幢

　　前两年秋天，朋友约我去河北易县。他去的目的是钓鱼，他的一个朋友在那里新开了一家民宿，房前有一大片鱼塘，钓鱼是他的爱好，钓鱼的器具一应俱全，全部进口。我是想看经幢。易县多年前去过一次，行色匆匆，只看了荆轲塔，没看成经幢，一直耿耿于怀。易县经幢非常有名，建于唐代开元年间，刻印着唐明皇御注《道德经》的一章，距今有近一千三百年的历史，是全国最大最老的道德经幢，国宝级文物。

　　当晚赶到易县，在民宿住下，第二天吃完早饭，朋友就张罗钓鱼。鱼塘不小，早晨温煦的阳光下，水面如镜，远山如黛，远离尘嚣，清静得犹如世外桃源。不过，鱼塘的鱼儿，久经沧海，磨炼成精，不那么容易上钩。太阳越升越高，我的鱼竿前的鱼漂始终不见动静。心里惦记着赶紧钓上一条鱼来，好去看经幢。便站起身来，走到朋友的面前，想看看他有没有钓上鱼来，一看，也没有钓上。朋友看出我的心思，轻声劝我说：钓鱼得有耐心！哪有像你这么猴急的？

我只好回去接着看我的鱼漂，希望能有动静，并不奢望钓上一条普希金《渔夫和金鱼的故事》里的金鱼，哪怕是一条小鲫瓜子也行；或者，朋友能钓上来也行啊，就算是大功告成，可以一起看经幢了。

过了好半天，谁也没钓上来一条鱼。这让我越发起急。因为有经幢惦记着，心里不静，鱼儿更像成心和我逗闷子，死活不上钩。

快到中午的时候，朋友终于钓上一条大鲤鱼，高兴得如获至宝。我却依然两手空空，朋友拎着他的大鱼，走到我身旁对我说：跟你说了嘛，钓鱼不能急，得心无旁骛。我无话可说，心想，总算钓上鱼来了，可以看经幢了。谁知，活鱼当场杀掉，红烧上桌，就着自己酿的米酒，一顿午饭吃下来，已是下午两点多，催促朋友抓紧时间去看经幢。

经幢就在城里，可我们找了半天，也没有找到。县城里大兴土木，到处在建新楼盘。走到老城边上了，那里不是拆成一片凋零，就是新楼高耸林立。秋阳正好，我们俩都走出了一身汗，经幢却依然是只在此城中，云深不知处。

朋友在路边的小摊买了两支雪糕，递给我一支，对我说：中午喝多了，我头昏脑涨，走不动了，得回去眯一会儿！我知道，他不是喝多了，是没心思陪我找这个经幢。

他走了，也没有去睡觉，回去一看到鱼塘就来了情绪，拿起鱼竿接着钓鱼。

我呢，终于找到了经幢。这里似乎拆迁多日没有清理，荒芜成一片废墟，有人在空地上种着菜，大朵大朵的南瓜花金黄耀眼。一个四角凉亭中立着高大的经幢，在四周空旷衬托下显得孤零零的。经幢确实高大，高达六米，八角棱柱的汉白玉，通体白润，让过去了一千多年无形的光阴，有了形象和生命，如见故人，可以亲近触摸。

都说鱼和熊掌不可兼得，鱼和经幢也不可兼得吗？

2021 年 10 月 20 日于北京

晚秋之味

前天去颐和园画画，疫情以来，第一次来，游人很多。过知春亭，刚穿过文昌阁城门，一股浓郁的桂花香味飘来。在树木中有如此浓香的，很少见，当年，郁达夫形容桂花的香味说："我闻到了，似乎要引起性欲冲动的样子。"我从未见过如此形容桂花香味的。

四下寻找，在文昌院大门前，看到一株桂树，枝干清癯，不足一人高，栽在盆中。是一株金桂，花所剩不多，毕竟已经过了寒露，这样的节气，残留枝头，也不容易了，是属于典型的迟桂花。而且，零星的残花，细如米粒，居然还能散发浓郁沁人的香味，四周弥漫，就更是难得，大概只有桂花做得到。

在谐趣园，我坐在刚进门旁的游廊里，画远处的知鱼桥，满池枯荷，托着蜿蜒的石桥，有些萧瑟。看见廊前一位老太太正打开一个宽口的保温瓶，从瓶里往一只袖珍的杯子倒什么东西，她的身边是一位坐在轮椅上的老爷爷。一股清香的味道飘来，甜丝丝的，不是糖或蜜的甜味，而是若有若无，如淡雅的水墨画。

老太太把杯子递给老爷爷，发现我望着他们的目光，浅浅一笑。我问她：您做的这是什么汤啊？这么好闻！她把保温瓶端起来给我看，我看见里面的莲子，晶白如玉，滚动如珠，并没有煮开了花，我连连夸赞她煮的莲子这么精致好看。老太太得意地让我再看看还有什么，我才发现沉底的还有荸荠和菱角。老太太越发得意，对我说：这叫湖三鲜。咱们北京有卖荸荠和菱角的，少见卖鲜莲子的。得是新鲜的才行，这是女儿从湖南快递来的湘白莲！湘白莲哟！老太太又强调了一句，透露着几分骄傲，为她煮的湖三鲜，为她的女儿。

老爷爷美美地在喝湖三鲜，老太太凑过来看我画画，顺便聊了起来。才知道，老爷爷最喜欢到谐趣园，几乎每星期来一趟，好在家离这里不远，叫上一辆滴滴就到了。又才知道，女儿小的时候，老爷爷常带孩子到谐趣园玩。说到这儿，老爷爷回头说了句：那一次，她在桥边上的长廊跑下来，摔个跟头，摔掉一颗大门牙！然后，他举起空杯子对老太太说：再来点儿！老太太又倒了一杯湖三鲜，清甜的味儿，冒着热气，争先恐后地涌出。

出乐寿堂，到长廊，游人最多，到处是旅游团的小旗子飘扬。我坐在长廊前画对面的藤萝架，春天的时候，海棠花落，这里开满一架紫色的藤萝花。忽然，闻见一股橘子的香味，湿润而清新，是刚摘下树、刚剥开皮的橘子味道。北京卖的橘子，没有这种香味。我禁不住脱口说了句：哪儿来的这么香！抬头一看，是位中年女人站在身边，看我画画，手里拿着一只橘子，几瓣橘子如一朵盛开的莲花。见我望她，她忽然不好意思起来，跳下台阶，跑到旅游团的小旗下。不一会儿，她折身跑过来，递给我一只橘子，什么话没说，又跑走了。

橘子真的很香，而且很甜。

2020 年 10 月 19 日于北京

厨房图书馆

　　十年前的春天，我到美国的新泽西靠近普林斯顿的一个小镇，住了半年。刚到不久，赶上我的一位朋友乔迁新居，赶到他新买的房子为他稳居。他和他的女友当初都是国内名牌大学毕业，来美国八年，忙读博，忙工作，一直处于动荡的打拼中，女友早都升为老婆，始终租房子住，总没有家的踏实感觉。终于买了房子，家才像个家。下一步，就是再要个孩子，一切就花好月圆了。

　　他们买的房子，在国内算作独栋别墅，在新泽西，是常见的那种英国维多利亚式的老房子。二层小楼，面积不算大，被房主保养得不错，打理得很精致，最引我注目的是厨房，轩豁无比，大得和整幢楼都不成比例。最有意思的是，靠窗厨台前那一溜儿长长的架子上，摆满装有各种调料的瓶瓶罐罐，足有二十来种，像是排着队挤在那里等候首长检阅的仪仗队。

朋友的妻子，就是一眼相中了这个厨房，才敲定买下这栋房子，不再跟着我的这位朋友东奔西跑无休止地看房了。房主从她望着那一溜儿调味瓶时惊讶得近乎夸张的表情中，看出她最得意的是厨房，是这一溜儿调味瓶，便在搬家前极其善解人意地将这一溜儿调味瓶原封不动地留给了她。房主在和她告别拥抱的时候，对她说：我们是同好，重视的是食物的味道！她连声对房主说：是的，味道是菜品的灵魂。事后，她十分得意地把她和房主的对话告诉给我的这位朋友，觉得自己的回答特别有哲理。

确实，朋友很有福气，老婆的烹饪和学问水平齐头并进，可谓落霞与孤鹜齐飞，秋水共长天一色。她做菜的时候，再不用为找不到合适的调料而埋怨我的朋友了。那天，在新居里，我们吃的就是她炒的菜品。她为我们做了一桌浙江菜，确实味道不凡，唇齿留香。她对我说：你下次来，我给你做法式大餐。然后，她指指厨房里那一溜儿调味瓶，又说：我这里还有不少专门从阿尔勒来的普罗旺斯调料呢。

那一溜儿调味瓶，给我留下深刻的印象。我从来没有见过哪一家的厨房里摆满这么多的调味瓶。如今，像她这样喜爱厨房钟情调味瓶的女人越来越少，尤其在国内，外卖的盛行，手机微信点餐下单，很快就会收到各式餐饮，再美味的调味品，也等于厨房的油烟，让人无法宠爱，懂调味瓶的，绝对不如懂口红、眼影、面膜、指甲油品种和牌子的人多。

可惜，我没有等到我的这位朋友老婆允诺我的这下一次的法式大餐，也没有等到他们添个孩子的花好月圆。前年秋天，我去美国，重访新泽西，打听我的这位朋友的情况，旁人告诉我：他和他老婆离婚有两年多了，他没告诉你吗？

我有些惊讶，但多少理解朋友没告诉我的原因。他是脸皮薄，他们两人不能说是青梅竹马，起码在国内读大学时就在一起，又一起到美国读博打拼，度过十多年艰苦岁月，好不容易安定下来，怎么说离就离了呢？感情的事，都是脚上的泡，自己走出来，跟别人说不清。

我的这位朋友知道我来新泽西的消息，不好意思不邀请我到他家做客。去的路上，我的脑子里，首先出现的不是他和他的前妻，而是他家厨房里那一溜儿调味瓶。不知怎么搞的，我忽然想起布罗茨基拜访英国诗人奥登在奥地利避暑住的别墅，留给布罗茨基印象深刻的是那里的厨房，他这样形容："很大，摆满了装着香料的细颈玻璃瓶。真正的厨房图书馆。"厨房图书馆，这个比喻，真的太精彩了，他不说是书架，而说是图书馆。只有布罗茨基想得出来，夸张中的赞美之情，溢于言表。从厨房到厨房图书馆，是厨房的升级版，不是每家厨房都能够做得到的。

旧地重游，房子还是老房子，就是有些凌乱了。朋友又有了新的女友，不在一个地方工作，暂时两地分居。缺少了女主人的料理，房子里很多地方呈现出的，不是逝去的流年碎影，而是单身汉的狼狈痕迹。我特意到那间轩豁的厨房看看，那一溜儿调味瓶一个都没有了，长长的厨台架子上，空空荡荡的，像是荒芜的草地，像飞走了鸟的秃树枝。不用问，显然，我的这位朋友，还有他的新女友，都不钟情厨房，和调味瓶自然也就疏远了，为了扫去过去的影子，更会把它们扫地出门。

我再次想起布罗茨基的那个比喻：厨房图书馆。没有了那一溜儿调味瓶，厨房就只是厨房，不再是图书馆了。

2020 年 6 月 1 日于北京

新婚礼物

　　疫情期间，闭门宅家，乱翻杂书，排遣时日，发现书架上好多书并没有认真看过，甚至买来后束之高阁，根本没再动过。常风先生的《逝水集》，便是其中之一。说来惭愧，这是1995年辽宁教育出版社出版的一本旧书，二十五年了，封面犹新，却满是尘埃。

　　读《逝水集》，有一篇《回忆叶公超先生》。常风先生在清华大学外国文学系读书时，是叶公超先生的学生，往来很多，记述翔实，回忆中细节很多。其中说到这样一个细节，即1930年，叶公超先生新婚，唯一醒目的礼物是"书架上一排十来本红皮脊烫金的字和图案十分耀眼的书"。这是一套《兰姆全集》和一本《兰姆传》，是胡适、温源宁等十位朋友送给叶先生的新婚礼物。他们知道叶先生最喜欢读兰姆。

这个新婚礼物，让我心头微微一动。

每一个时代，都有属于那个时代特色的新婚礼物。这是专属于叶公超时代的新婚礼物。

记得我们那个时代的新婚礼物，一般是印着牡丹大红花的脸盆、痰盂，以及印着毛主席画像或语录的暖水瓶。那是二十世纪六十年代末和七十年代的风俗。时代飞速变化，新婚礼物随之变化，现如今，早不需要什么新婚礼物，而变为礼金，厚厚一沓子现金鼓胀胀地包在红包里，比什么都更为实际、实惠、实用——我称之为"三实主义"。新婚礼物，由物品到现金的华丽转身，隐约体现了人们由精神到物质到物欲的三级跳。新婚礼物的"三实主义"，不过是人生最外表层的那一层镀漆而已。

常风先生的文章，让我想起二十世纪九十年代的一件往事，那时，我的一个朋友的孩子结婚，我送的新婚礼物，也是书。并不是我有意拙劣地效仿胡适等人送给叶公超先生那一套《兰姆全集》，因为那时我还没有读过常风先生的《逝水集》，尽管书摆在书架上。只是因为我的这位朋友和我一样喜欢文学，尤其喜欢旧体诗，常常写诗，唱和往来，影响他的孩子也很喜欢旧体诗，而且，还常和我们掺和一起，彼此交流很多。我是看着这孩子长大的，自以为很了解他，便买了一套三卷本的《唐诗选》，在扉页上题写了一首七律赠送新郎新娘，最后，还郑重其事地盖上一枚红印章。然后，给书系上红绸带，打上蝴蝶结，自以为比送别的什么礼物，都超尘拔俗。

婚礼在一家饭店举行，大厅入门处前，摆放着一溜长桌，上有签名册，还有一本礼品的登记册，我看见上面大多填写的是现金多少，极少的礼品，也是进口茶具、床具三件套、项链饰品等高档货。我忽然觉得有些不大对劲儿，在一堆鼓胀的礼金红包和琳琅满目的礼品中，这三本《唐诗选》并非鹤立鸡群，而显得有些另类，甚至让我都觉得有些寒酸。我发现，我已经完全落伍，在一个早已经不是诗的时代，还在故步自封地编织着诗的梦幻，不知道浪漫的婚礼，已经变相地成为现金收支平衡最带有礼节性的交易。

我的心里，涌出一种对不起孩子也对不住我的这位朋友的感觉。心想，只好日后再做弥补吧。

两年多以后，我的这位朋友新添孙子，小孩过百日的时候，我去庆贺，带去了红包，包着礼金，不再犯傻送什么书了。风俗的力量很大，在潜移默化中，润物无声地改造着人们的价值观。百日宴上，朋友特意拿出两瓶波尔多的红酒，酒酣心热，喝得大家酡颜四起，热烈的话此起彼伏。漂亮的婴儿，在妈妈的怀抱里，睁大一双眼睛，好奇地望着我们。

我已经忘记是在什么时候，应该是在我的这位朋友的孩子搬家不久，是朋友掏出一辈子积存的家底，给孩子买了一套学区房，因为他的小孙子马上就要读小学了。我在潘家园旧书摊翻书，偶然看到这三本《唐诗选》。如果不是风吹开了书的封面，露出扉页上的题诗，让我看着字迹眼熟，也许我也不会再翻《唐诗选》，更不会再去买。我拿起书一看，是我写的题诗，字迹有些褪色，印章依旧鲜红。像是拿到了什么见不得人的罪证，连还价都没还，我赶紧买下这三本书，落荒而逃。

常风先生回忆叶公超先生的这桩往事，让我想起了自己这件往事。叶先生的往事，过去了整整九十年。我的往事，过去了二十来年。长耶？短耶？不觉怅然。

2020 年 4 月 6 日于北京

凤仙花祭

疫情闭户期间，和外界的联系，完全靠微信。前天，突然收到一位老街坊的微信，问我：小鱼前些天走了，你知道吗？我大吃一惊，小鱼只比我大两岁，怎么说走就走了呢？我赶紧问他：是得了新冠肺炎吗？回答不是，具体什么病，他也不清楚。

那天，我坐在屋里，望着窗外空荡荡的街道，眼前总是晃动着小鱼的身影。

那时候，我和大院的孩子们都管小鱼叫"指甲草"。这个外号，是我给她取的。

指甲草，学名叫凤仙花。凤仙花属草本，很好活，属于给点儿阳光就灿烂的花种。只要把种子撒在墙角，哪怕是撒在小罐子里，到了夏天都能开花。女孩子爱大红色的，她们把花瓣碾碎，用它来染指甲，抹嘴唇，红嫣嫣的，很好看。那时，我嘲笑那些用凤仙花把嘴唇抹得猩红的小姑娘，说她们涂得像吃了死耗子似的。

放暑假，大院里的孩子们常会玩一种游戏：表演节目。有孩子把家里的床单拿出来，两头分别拴在两株丁香树上，花床单垂挂下来，就是演出舞台前的幕布。在幕后，比我高几年级的大姐姐们，要用凤仙花，不仅给每个女孩子涂指甲，涂红嘴唇，男孩子也不例外。好像只有涂上了红指甲和红嘴唇，才有资格从床单后面走出来演出，才像是正式的演员。少年时代的戏剧情景，让我们这些半大孩子跃跃欲试，心里充满想象和憧憬。

我特别不喜欢涂这个红嘴唇，但是，没办法，因为我特别想钻出床单来演节目。只好每一次都得让小姐姐给我抹这个红嘴唇。凤仙花抹过嘴唇的那一瞬间，花香挺好闻的。其实，凤仙花并没有什么香味，是小姐姐手上搽的雪花膏的味儿。

这个小姐姐，是我们演节目的头儿。她就是小鱼。

我既有点儿讨厌她，又有点儿喜欢她。小孩子的心思就是这样复杂。讨厌她，是因为每一次演出她都像大拿，什么事情都管，好像她是个老师。喜欢她，是因为她长得好看，我们大院里的老奶奶说她像年画里走下来的美人儿，还有，给我抹红嘴唇的时候，她手上那种凤仙花的香味儿。

现在想，那时候给她取外号，为什么不叫"凤仙花"，偏偏叫"指甲草"呢？她应该是一朵花，不是一根草的。不过，我不是成心要把她贬低为一根草的。那时候，我根本不知道指甲草的学名叫凤仙花。

我读小学五年级的时候，她读初一。有拍电影的导演到她的学校里挑小演员，相中了她，让她回家跟家长商量一下，家长同意，就带上她到剧组报到。学校老师很高兴，这是给学校扬名的好事。她自己当然更高兴，她本来就喜欢演节目嘛，马上就可以当一名小演员了，这不是跟天上掉下了馅饼一样！

没有想到，她爸爸妈妈死活不同意。她妈妈是医院里的护士，她爸爸是个工厂的技术员，都觉得演员就是戏子，不是正经的事由。当学生，就得把学习成绩弄好，将来上大学，才是正路子。他们都是那种信奉"万般皆下品，唯有读书高"的老派人。她妈妈就是看中了她爸爸是个大学生才嫁给他的。

正如白天不懂夜晚的黑，大人们很难懂得小孩子的心思。爸爸妈妈的不同意，竟然让小鱼的命运发生了根本性的变化，是当时包括小鱼在内我们大院所有人都没有想到的。说起小鱼，街坊们都会叹口气说：咳！老天真是不长眼呀！小鱼并没有如爸爸妈妈的期待一样考上大学，实际上自从初一演员梦破灭之后，小鱼的学习成绩就开始下滑。高中毕业之后，小鱼没有考上大学，先在一所小学当音乐老师，后来又跳槽到文化馆工作，都和表演沾点儿边。但她并不快活，她的不快活，又波及她的爸爸妈妈。因为无论爸爸妈妈怎么催，怎么帮助她找对象，她都没有心思。她一辈子都没有结婚。

那年，我从北大荒回到北京当老师，她还不到三十岁，风韵犹如当年。说老实话，如果不是我在北大荒有对象，真的有心想找她。可是，我知道，她看不上我。她能看得上谁呢？

后来，她爸爸单位分了楼房，一家人搬走了。我很少再见到她。后来，听说她得了病，人消瘦了很多，甚至脱了形，再也没有当年漂亮的模样了。当时，人们都不大懂，她自己也是乱吃药，现在想想，她得的应该是抑郁症。

她的爸爸妈妈都过世得早，老街坊们都说，如果不是因为她，不会这么早就过世的。但是，我说，如果不是因为她的爸爸妈妈当年拦腰斩断了她的梦想，她不会有这样的命运。

如今，她走了。也许，是一种解脱吧。我的心里，却总不是滋味。她本是一朵花，最终成了一根草。或者，作为我们普通人，本来都属于一根草，就不应该做一朵花的梦吗？

2020 年 3 月 20 日写毕于北京

杏花如雪

两年前的春天，我对面一楼的房子易主。新主人是位四十岁左右的妇女，带着一个十多岁的女儿。

她们娘儿俩住进之后，一天到晚脚不拾闲地忙乎，主要在收拾屋子。上一家的主人有些邋遢，弄得屋子凌乱不堪。收拾完屋子，她们又马不停蹄地收拾院子。一楼的住户前面都有一个朝阳的小院，一般人家种些花草或蔬菜，收拾得干净利索，既美观又实用。这个院子却和屋子一样凌乱，懒人有懒办法，为了遮掩屋子的凌乱，搭了木架子，种了一架藤蔓式的植物，不知道叫什么名字，起码夏秋两季绿叶密不透风，从窗台爬满房檐，根本看不见屋子的模样。院子里，杂草丛生，冬天，几只野猫在那里猫冬。

把屋子和院子收拾利索之后，娘儿俩买来了三棵小树。汽车把树拉来，工人把树扛到院里，和娘儿俩一起把树种下。正是春天花红柳绿的时候，小树的枝叶葱茏，绿得格外清新，给小院一下带来了春天的气息。枝叶摇曳在窗前和门前，屋子也显得神清气爽。

几乎每天下楼，我都会和这娘儿俩打照面。彼此寒暄之后，渐渐熟络了起来。我问她们这种的是什么树，她们告诉我是杏树。我吃过杏，从来没见过杏树。或许见过，但并不认识。我知道杏树开白花，但梨树也开白花，山桃最初开出的小花也是白色的。分不清这三种树，闲聊时候，便好奇地请教她们娘儿俩。

母亲长得有点儿像演员张凯丽，大脸膛，慈眉善目，脾气柔顺，很耐心地告诉我：山桃开花早，这三种树，山桃最先开。然后，杏花才开；最后，梨花才开。梨花一般要到清明前后才开的。你分清这前后的次序，就好分辨了。

女儿性子急，对我说：等明年，春天这三棵树开花了，你看看，不就知道了嘛！

母亲笑着指责女儿：看你这孩子！哪有这么跟大人说话的。

我依然好奇，母亲怎么知道这么多，分得清桃杏梨花的？

母亲对我说：从小在农村长大，原来老家屋前种着的就是杏树……

女儿抢过母亲的话说：是我姥姥种的，种了好多棵，结的大白杏，可好吃呢！

母亲望着女儿，又笑了起来。

她们娘儿俩在这里住了两个多月，夏天刚刚到来的时候，来了一辆宝马小汽车，从车上下来一个男人，像是女孩的父亲，帮她们从屋子里扛出行李等好多东西，锁上了大门，像是要离开的样子。

我很奇怪，刚买了房子，住了才两个多月，就要走。不住了吗？那买房子是为了投资吗？如果是为了投资，人又不住，一般不会花那多钱在房前种树呀，是为了给房子增值吗？

我走过去，问母亲：你这是要去哪儿啊？

母亲告诉我：我家住沈阳，这不孩子她爸爸来接我们回去了，在这里住的时间不短了。家里也需要照顾。

我又问她：你什么时候回来呀？

她说：明年，明年开春就回来，带我妈一起回来，买这个房子，就是为了给我妈住的。老太太在农村辛苦一辈子了，我爸爸前不久去世了，就剩下老太太一个人，想让她到城里享享福。孩子她爸爸说到沈阳住，我就对他说，这些年，你做生意挣了钱，不差这点儿钱，老太太就想去北京，就满足老太太的愿望吧！到时候，我就提前办了退休手续，让孩子她爸爸把公司开到北京来，一起陪陪老太太！

她说着，瞥了一眼站在旁边的孩子她爸爸，他搂着女儿，偷偷地笑。

这不，老太太稀罕老家门前的杏树，我特意先来北京买房，把杏树顺便也种上，明年，老太太来的时候，就能看见杏花开了！

听了她的这一番话，我的心里挺感动，难得有这样孝顺贴心的孩子。当然，也得有钱，如今在北京买一套房，没有足够的"兵力"支撑，老太太再美好的愿望，女儿再孝敬的心意，都是白搭。还得说了，有钱的主儿多了，也得舍得给老人花钱，老人的愿望，才不会是海市蜃楼，空梦一场。

我不由得冲她，也冲她的男人竖起了大拇哥。

明年见！她钻进小车，冲我挥挥手，汽车扬尘而去。

第二年的春天，她家门前的三棵树，都开花了。别看杏树长得都不高，开出的花却密密实实的，非常繁茂。我仔细看看杏花，和山桃花，和梨花，都是五瓣，都是白色，还是分不清它们，好像它们是一母同生的三胞姊妹。

可是，这家人都没有来。杏花落了一地，厚厚一层，洁白如雪。房门还是紧锁着。

今年的春天，杏花又开了，又落了一地，洁白如雪。依然没有看到这家人来。这让我有些奇怪，怎么说好了，一连两年都没有来呢？也可能是她还远远不到退休的年龄，办不成退休的手续；或者是孩子她爸爸的生意忙，脱不开身；反正房子是先买下了，重头戏先有了，早一年、晚一年，都不是紧要的事。

家里人嘲笑我是咸吃萝卜淡操心，人家的老太太来不来的，肯定有人家的原因。可是，只要一想起不仅能够为自己的母亲买下北京那么贵的房子，还能够为自己的母亲种下钟情的三棵杏树，这样的女人，真不是一般的女人，不是所有的人，都能够做到这样的。心里便总有些挂念，真想见见这位怎么就这么有福气的老太太。

一地杏花，那么厚，被风也一点点地吹干净了。叶子长出来了，先小后大，先红后绿，三棵杏树换装了，似乎不急了，静静地等候着来年春天再开花的时候迎接主人。

清明到了，梨花一片雪，替班一样，接替了杏花，用几乎同样的容颜装扮着这个渐行渐远的春天。对面一楼那座房子还是空着，长满绿叶的杏树，寂寞无主，摇曳在门前和窗前。

清明过后的一个夜晚，我忽然看见对面一楼房子的灯亮了。主人回来了。尽管没有赶上杏花盛开，毕竟还是回来了。忽然，心里高兴起来，为那个孝顺的女人，为那个从未见过面的老太太。

第二天上午，我在院子里看见了那个女人，触目惊心的是，她的臂膀上戴着黑纱。问起来才知道，去年春天要来北京的时候，老太太查出了病，住进了医院，盼望着老太太病好，却没有想到老太太没有熬过去年的冬天。今年清明，把母亲的骨灰埋葬在老家，祭扫之后，她就一个人来到北京。

她有些伤感地告诉我，这次来北京，是要把房子卖了。母亲不来住了，房子没有意义了。

房子卖了，三棵树还在。每年的春天，还会花开一片如雪。

2019 年 4 月 13 日于北京

重逢仙客来

　　两年前住新泽西，每天在所住的社区散步，路过湖边的一家人家的房前，总能看到门前的阳台上，一左一右摆着两盆怒放的仙客来。那两盆仙客来都是紫色的，很是浓艳欲滴，这是仙客来中少见的品种。一般的仙客来都是开海棠红的花朵，在北京，我从来没有见过这样颜色的仙客来。因此，每天路过这里的时候，都会忍不住看几眼。

　　这一家在一楼，门前的阳台，由于和院子相连，便显得轩豁。他们家的房门总是敞开着，隔着门纱，里面人影幢幢的，树荫打在门前，绿色的影子被风吹得摇摇晃晃，显得几分安详，又有几分神秘。

　　听说是住着一对白人老夫妇，但我只是偶尔看见过老头儿出门，穿着臃肿的睡衣，闭着眼睛，坐在阳台的摇椅上晒太阳，或者抱着一罐啤酒独饮，从来没有见过老太太，也从来没有见过他们的孩子。谁也不清楚他们有没有孩子，或者有孩子，为什么总也不见孩子的到来？

有一天，看见一辆小汽车停靠在他家的院子里，从车上跳下一个年轻的小伙子，以为是他们的孩子，走近一看，车子打开的后备箱里放满修理管子的各种工具，知道是来帮助修理他们家水管的工人。还有一天的黄昏，看见阳台上，老头儿和一个年轻的女人面对面相坐，远看是一幅温馨的父女图。走近看，年轻的女人手里拿着笔和本，面无任何表情，在向老头儿询问着什么，并机械地在本上记录着什么。显然，也不像是老头儿的孩子。

引起我最大兴趣的，还是他们家门前的那两盆仙客来，因为它们一年四季开着花。院子里春天的郁金香败了，夏天的蝴蝶花谢了，秋天的太阳菊落了，它们照样开着花。即使是冬天，大雪纷飞的时候，照样开放着，紫色的花朵迎着寒风摇曳，跃动着一簇簇紫色的火焰。而且，不管下多大的雪，他们从来不把花搬进屋里，就这样摆在门前，好像故意要让大雪映衬一下，好使得花显得格外明亮照眼。再大的风雪，居然难使花朵凋谢。这让我非常奇怪，因为我从来没有看见过一年四季都花开不断的仙客来。都说是花无百日红，莫非这是只有美国才有的什么神奇品种？

今年春天，我再次来到新泽西，还是住在了这个社区。每天散步路过这家门前的时候，又看到了这两盆仙客来，依然是一左一右地摆在门前的阳台上，依然怒放着那鲜艳欲滴的紫花。好像老朋友一样，在等待着我的重来，又好像是将两年的时间定格，它们依然活在以往的岁月里，青春永驻，花开不败。

我真的非常地好奇，好几次冲动地想走过去，穿过小院的草坪，走到门前，仔细看看那两盆仙客来，到底有什么样的神功，居然可以总能够开得这样娇艳，这样长久。不过，这样不请自人的话，实在不礼貌，我只好把这种冲动咽回肚子里，任好奇心与日俱增。

夏天到来了，蒲公英在漫天飞舞，天气渐渐地热了起来，小区里人都不怎么出来了。好在今年夏天的雨多，一阵云彩飘过来，就会有一场雨，让空气凉爽也湿润些。那天早晨，天下着淅淅沥沥的小雨，沾衣欲湿，是个好天气，我照样出去散步。

路过这家时，老远就看见门前晃动着老太太的身影。这真是难得的事情，因为老太太很少出屋。前后两次来这里住了那么久，我还从来没有见过老太太一面呢，不仅是我，我问过别人，也都从来没有见过老太太。神秘的老太太，和神奇的仙客来有一拼呢。我不由得加紧了脚步。

走近看见老太太站在一盆仙客来前，手里提着一个硕大的喷水壶，在给仙客来浇水。这真的是一个怪老太太，外面正下着雨，虽然不大，但已经下了好久，只要把花盆搬到院子里，慢慢地也能把花浇好了呀。干吗放着河水不洗船，非要多此一举呢？

待我走得更近时再一看，忽然惊了一下，因为怎么想我都没有想到，老太太把那一朵朵仙客来拔了下来，然后又插进花盆里，如此机械地重复着这样的动作，让我不得不相信，原来仙客来是假花。

我确实有些惊呆了，愣着神，站了一会儿。就在我愣神的工夫，老太太转身向另一盆仙客来走过去。我发现，老太太是有些半身不遂，似乎也有些老年性痴呆，蹒跚的步子，挪动得非常吃力，不过几步的路，腿像灌了铅一样，头也如拨浪鼓在不住地摇晃着。她穿着一件月白色的亚麻长袍，长袍宽松，随着她身子的晃动，像个慢动作的幽灵，让人的心忍不住和那长袍一起隐隐地抽动。她手扶着门框，走了好长的时间，去给另一盆仙客来浇水。然后，机械地重复着刚才的动作，把一朵朵的仙客来拔下来，再一朵朵地插进花盆里。喷壶里的水珠如注，从花朵上滴落下来，溢出了花盆，打湿了她的亚麻长袍，一直湿到了脚上。

以后，每天散步的时候，路过这里，再看那两盆仙客来，心里总会酸酸的。不忍看，却偏偏忍不住看。

2012 年春于新泽西

上一碗米饭的时间

入冬后北京最冷的那天晚上，我在一家小饭馆里。家里的人都出了远门，没有饭辙儿，要不我是不会在这么冷的天跑出来到这里吃晚饭。正是饭点儿，小饭馆里顾客盈门，只剩下靠门口的一张桌子空着，虽然只要一开门，冷风就会乘机呼呼而入，别无选择，我只好坐在了那儿。

服务员是位模样儿俊俏的小个子姑娘，拿着个小本子，笑吟吟地站在我的面前，一口外地口音问我：您吃点儿什么？我要了三两茴香馅的饺子和一盆西红柿牛腩锅仔。很快，饺子和锅仔都上来了，热气腾腾的，扑面撩人，呼啸寒风，便都挡在了窗外了。

埋头吃得热乎乎的，觉得忽然有一股冷风吹来，抬头一看，一位老头已经走到我的桌前，也是别无选择地坐了下来。在我的对面坐下来之后，大概看见我正在望着他，老头冲我笑了笑，那笑有些僵硬，不大自然。也许，是为自己一身油渍麻花的破棉袄感到有些羞涩，和这一饭馆衣着光鲜的红男绿女对应得不大谐调。我看不出他有多大年纪，或许还没有我大，只是胡子拉碴的显得有些苍老。我猜想他可能是位农民工，或者刚刚来到北京找活儿的外乡人。

他坐在那里，半天也没见服务员过来，便没话找话地和我搭话，指指饺子，问我饺子怎么卖，我告诉他一两三块钱吧。他立刻应了声：这么贵！这时候，那个小个子姑娘拿着小本子走了过来，走到老头的身边，问道：你吃什么？老头望了望她，多少有点儿犹豫，最后说：我要一碗米饭。姑娘弯下头在小本子上记下来，又抬起头问：还要什么？老头说：就一碗米饭！姑娘有些奇怪：不再要点儿什么菜？老头这回毫不犹豫地说：一碗米饭就够了。然后补充句，要不麻烦你再给我倒碗开水！姑娘不耐烦了，一转身冲我眉毛一挑，撇了撇嘴，风摆柳枝般走了。

过了好长时间，也没见姑娘把一碗米饭端上来，更不要说那一碗开水了。或许有些人的眼睛都长到了眉毛上面，很多饭馆都会这样，不会把只要一碗米饭的顾客放在心上，更何况是一个衣衫褴褛的老头，在他们眼里几乎是乞丐一样呢。姑娘来回走了几次，大概早忘了这一碗米饭。

我悄悄地望了一眼对面的老头，看得出来，老头有些心急，也有些尴尬，又不知道如何是好，如坐针毡。如果有钱，谁会只要一碗白米饭呢？但如果不是真的饿了，谁又会非得进来忍受白眼和冷漠而只要一碗白米饭呢？

我很想把盘子里的饺子让给老头先垫补一下，但把剩下小半盘的饺子给人家吃，总显得不那么礼貌，有些居高临下，就像电影《青春之歌》里的余永泽打发要饭的似的。那锅仔我还没有动，可以先让他喝几口，但一想饭还没吃，先让人家喝汤，恐怕也不合适，而且也容易被老头拒绝。

因此，当姑娘又向这边走来的时候，我远远地冲她招招手，她走了过来，老头看见了她，张着嘴动了动，一定是想问她：我那一碗米饭呢？但如今的小姑娘哪一个好惹？看人下菜碟，已是常态。为了避免尴尬，我先把话抢了过来，对她说：姑娘，你给我上碗米饭！话音刚落，怕她同样嫌弃我也只要一碗米饭，便又加了句：再来三两饺子。姑娘在小本子上记了下来，转身走了。我冲着她的背影喊了句：快点儿呀！她头没有回，扬扬手中的小本说道：行哩！

老头望了望姑娘走去的背影，又望了望我，什么话没有说，似乎是想看看，同样一碗米饭，到底谁的先上来。一下子，让我忽然感觉偌大的饭馆里，仿佛主角只剩下了老头、姑娘和我三个人，三个人彼此的心思颠簸着，纠结着，一时无语却有着不少的潜台词。

我望了望老头，也没有说话。我是想等这一碗米饭和三两饺子上来，一起给老头，谁家都有老人，谁都有老的时候，谁都有饿的时候，谁都有钱紧甚至是一分钱让尿憋死的时候。

老头垂下头，不再看我。我埋下头来，吃那小半盘的剩饺子，也不敢再望他，我不知道此刻他在想什么，但生怕我的目光总落在他的身上会让他觉得尴尬。有时候，只能让人感慨生活现实的冷漠，比窗外的寒风还要厉害。

很快，也就是那小半盘剩饺子快要吃完的工夫，只听姑娘一声喊：您的米饭和饺子来了，便把一碗米饭和三两热腾腾的饺子端在我的桌子上，同时也把老头的那一碗米饭端在桌上。

可是，抬头的时候，我和姑娘都发现，对面的老头已经不在了。

其实，只是上一碗米饭的时间。

2010 年岁末写于北京

曲线是上帝的

　　星期天，我家来个小客人，是个只有四岁多一点的小男孩。大人们兴奋地在聊天，冷落了他，他显得很寂寞，大人们越来越高兴，他却噘着嘴越来越不高兴。我便和他一起玩，我问他：你会画画吗？他冲我点点头。我拿来纸笔给他，他毫不犹豫，信心十足，上来大笔一挥，弯弯曲曲的线条占满了纸上上下下的空间，仿佛他在拿水龙头肆意喷洒，浇湿了花园里所有的地皮和他自己湿淋淋的一身。

　　他的家长拿过纸一看，责怪他：你这是瞎画的什么呀！我赶忙说：孩子画得不错。便帮孩子在纸的顶端弯弯的曲线之间画了一个小黑点，立刻，孩子兴奋地叫道：鸟！是的，孩子笔下看似乱七八糟的曲线，瞬间就活了似的，变成了一只抖动着漂亮大尾巴的鸟，是动物园里从来没有见过的鸟，是我们大人永远画不出来的鸟。

我相信任何一个孩子都是一个画家，他们笔下任意挥就的曲线，就是一幅充满童趣的画，我们在毕加索变形的和米罗抽象的画中，都能够找到孩子们挥洒的曲线的影子来。比起直线来，曲线就有这样神奇的魔力和魅力，它将万千世界化繁为简，浓缩为随意弯曲的线条，有了柔韧的弹性和想象力。

所以，与毕加索和米罗是老乡的西班牙最著名的建筑家高迪曾经说过："直线是人为的，曲线是上帝的。"

曾经听说过曲线属于女人，却从来没有听说曲线属于上帝，在高迪的眼里，曲线如此至高无上。现在，想想，高迪说得真有道理。大自然中，你见过有直线存在吗？常说笔直的大树，其实是夸张的形容，树干也是有些微的曲线构成，才真的好看，就更不用说起伏的山脉、蜿蜒的河流，或错落有致的草地花丛、鸟飞天际那摇曳的曲线。巴甫洛夫说动物都知道两点之间直线距离最短，其实两点之间动物跑出的从来不会是一条直线，雪地里看小狗踩出了那一串脚印，弯弯曲曲的，才如撒下一路细碎的花瓣一样漂亮。

去年，我在贝尔格莱德看一个现代艺术展，展览馆外先声夺人立着第一件展品，是在本来应该爬满花朵的花架里，塞满了一大堆缠绕在一起的铁丝网，乱麻一般的铁丝网的曲线肆意而充满饱满张力地纠葛冲撞着，花架成为了想要约束它们却又约束不了它们的一幅画框。在这样尖锐的曲线面前，你可以想象许多，为它取好多个题目。

没错，曲线是上帝的，这个上帝属于自然、艺术和孩子，因为只有这三者最容易接近上帝。

2007 年 10 月 28 日于北京

生命的平衡

　　不知道你相信不相信，无论什么样的生命，在短促或漫长的人生中都需要平衡，并且都会在最终得到平衡的。漂亮的白雪公主自然有其漂亮面庞的如意，却也有因后母的嫉妒而遭遇追杀以及毒梳子和毒苹果危险等的不如意；不漂亮的灰姑娘自然有其悲惨的种种命运，却也有其终成正果的美好回报。眼睛瞎了，意大利的安德烈·波切利却成为著名的盲人歌唱家；腿残疾了，爱尔兰的克里斯蒂·布朗却用唯一能够活动的左脚敲打键盘，成为著名的作家。个子高的，如姚明，自然成就了他的事业，他可以到美国的 NBA 去打篮球，风光无限；个子矮的，就一定不如个子高的吗？如拿破仑，但却不妨碍他成为盖世的英雄。

　　这就像《红楼梦》里所说的：大有大的难处，小有小的好处。这也就像《伊索寓言》里所讲的：高高的长颈鹿可以吃得着高高枝头上的叶子，却没办法走进院子的矮小的门；矮矮的山羊吃不着高高枝头上的叶子，却轻而易举地走进了矮小的门。

　　懂得了生命中的这一点意义，不仅是让我们不必为我们自身的长处而骄傲，不必为我们自身的短处而悲观；也不仅是让我们知道拥有再多总会有失去的时候，失去的再多总会得到补偿的机会；更重要的是，让我们充分体味到生命其实是一条流淌的河，乱石穿空，惊涛拍岸，卷起千堆雪，是生命中的一种情景；潮平两岸阔，风正一帆悬，也是生命的一种情景；一条河在流淌的过程中，不可能总是前一种风景，也不可能总是后一种风景，它要在总体流量的平衡中才会向前流淌，一直流入大江大海。因此，我们不必去顾此失彼，不必去刻意追求某一点，从而在这样的生命的平衡中，让我们的心态更加从容，让我们的生活更加平和，让我们的人生更加是一幅舒展的画卷。

　　今年我去土耳其，遇见当今被称为土耳其首富的萨班哲先生。说萨班哲先生是土耳其首富，并不是虚传，并不夸张，在大街上所有跑的丰田汽车，都是他家生产的；凡是有蓝底白字

SA 字母牌子的地方，都是他家的产业；凡是有蓝底白字 SA 字母商标的东西，都是他家的产品。在土耳其，SA 的标志，触目皆是；萨班哲的名字，家喻户晓。

如此富有的人，却也有命运不济的地方，他的两个孩子，一个儿子，一个女儿，都是残疾弱智。命运，就是和他这样开着残酷的玩笑。他却以为这其实就是生命给予他的一种平衡，而不去怨天尤人。他的想法，和我们古人的想法很有些相似之处：月有阴晴圆缺，人有悲欢离合，此事古难全。想到生命这样的一点平衡的意义，他的心也就自然平衡了。命运在一方面给予他别人无法企及的财富，在另一方面便给予他对比如此触目惊心的惩罚。他想开了，惩罚也可以变成回报，两者之间沟通的桥需要的就是生命的平衡力量。他便将他那么多的钱，不是仅仅为了留给他的两个孩子，而是在伊斯坦布尔修建了一座残疾人的公园，公园里所有的器械都是为残疾人专门设计的，就连游乐场上的摇椅，都有供残疾人不用离开轮椅而自动坐上坐下的自动装置。他希望以自己能够做到的事情来平衡更多残疾人不如意的生活，从而使自己不如意的生活达到新的平衡。

　　萨班哲先生已经七十有余，如此富有，其实对自己却非常抠门，传说他一直到现在，依然是一天只抽一支雪茄，上午和下午各半支；依然是一天只喝一小杯威士忌，是在一天工作完太阳下山之后坐下来喝。但到了该花钱的时候，他却一掷千金，如伊斯坦布尔的这座残疾人公园。他在富有和贫穷、健全与残疾、得到与失去中寻找到了自己的平衡。

　　那天，我们去参观以他的名字命名的萨班哲博物馆。博物馆就建在博斯普鲁斯海峡的岸边，内可以观各种名画和《古兰经》，外可以看海水蔚蓝海鸥翩翩和博斯普鲁斯大桥的巍峨壮观，真是非常漂亮。这里原来是他的私人住宅，他捐献出来改建成了这座博物馆。在这座博物馆里，最有趣的是一间陈列室里，挂的全部都是萨班哲先生的漫画。是萨班哲先生请来土耳其的漫画家们，让他们怎么丑怎么画，越丑越好，画成了这样满满一屋子的漫画。有时候，他到这里来看一屋子包围着他的、画着他的那一幅幅丑态百出的漫画，他很开心，他在这里找到了在外面被人或鲜花或镜头所簇拥着、恭维着所没有的平衡，他在这里找到了在两个残疾弱智孩子给予他痛苦中所没有的欢乐。萨班哲先生真是洞悉了世事沧桑，彻悟了人生三昧。他实在是一个智慧的老头，懂得平衡的艺术真谛。

我们能够拥有他这样洒脱而潇洒的心态吗？我们能够拥有他这样宠辱不惊的自我平衡的力量吗？如果我们也一样拥有，我们的人生就会和萨班哲先生一样过得充实而愉快，而不会因为一时的得意而忘乎所以，因一时的失意而绝望到底，我们便可以和萨班哲先生一样在世事的跌宕中历练自己，在生命的平衡中体味到人生的意义。

人的一生，从来不可能不是天堂就是地狱非此即彼的选择，而总是在这两者之间有一种平衡力量的显示。这样，我们的生命处于一种能量守衡状态中，而对生活中所呈现出的极端才不会或得意忘形或惊慌失措，比如：有时候我们会处于睡眠状态，有时候我们会处于亢奋状态；有时候我们会如孔雀开屏四面叫好，有时候我们会如老鼠钻木箱两头挨堵；有时候我们需要抹龙胆紫，有时候我们需要搽变色口红；有时候我们需要开塞露，有时候我们又需要润肤霜……生命就是在这样的阴阳契合、内外互补、得失兼备和相辅相成中达到平衡。寻找到这样的平衡，便会寻找到生活的艺术，寻找到生命和人生的意义。生命平衡的力量，其实就是我们平常生活的定力，是我们琐碎人生的定海神针。

2004 年 5 月 17 日于北京